FARÓIS ESTRÁBICOS
NA NOITE

Cecilia Prada

Faróis Estrábicos na Noite

CONTOS

Copyright © 2009, Cecilia Maria do Amaral Prada

Capa: Raul Fernandes
Foto de capa: Flickr/GETTY Images
Foto da autora: Otavio Pistelli

Editoração: DFL

2009
Impresso no Brasil
Printed in Brazil

CIP-Brasil. Catalogação na fonte
Sindicato Nacional dos Editores de Livros – RJ

P913f	Prada, Cecilia
	Faróis estrábicos na noite: contos/Cecilia Prada. — Rio de Janeiro: Bertrand Brasil, 2009.
	192p.
	ISBN 978-85-286-1401-5
	1. Conto brasileiro. I. Título.
09-3651	CDD – 869.93
	CDU – 821.134.3(81)-3

Todos os direitos reservados pela:
EDITORA BERTRAND BRASIL LTDA.
Rua Argentina, 171 — 2º andar — São Cristóvão
20921-380 — Rio de Janeiro — RJ
Tel.: (0xx21) 2585-2070 — Fax: (0xx21) 2585-2087

Não é permitida a reprodução total ou parcial desta obra, por quaisquer meios, sem a prévia autorização por escrito da Editora.

Atendemos pelo Reembolso Postal.

"A gente navega na vida servido por faróis estrábicos."

GUIMARÃES ROSA

SUMÁRIO

Prefácio, por Alberto da Costa e Silva 9

◐ APRENDIZADO 15

◐ TÊMPERA 31

◐ TRILHAS DA MADRUGADA 41

◐ MANCHAS EM UM TAPETE PERSA 51

◐ MANÉ FULÔ 61

◐ A GRANDE CERIMÔNIA DO CINEMA 77

◐ LEDA LEDO ENGANO 81

◐ OLHO E SERPENTE 93

◐ NOITE DE ALMIRANTE 103

◐ MULHER E PEIXE 123

◐ OS CONSAGRADOS 127

    I — O HOMEM 127

    II — A FRANQUIA 147

◐ PONTO DO NUNCA-MAIS 157

◐ O PAÍS DOS HOMENS DE GELO 167

◐ OS TAMBORES DO JUÍZO FINAL 171

Os Contos de Cecilia Prada

Conheço Cecilia Prada desde 1955. Fomos colegas de turma no curso para a formação de diplomatas do Instituto Rio Branco e ficamos, desde então, amigos. Cecilia era uma jovem sorridente, mas forte de comportamento e de opinião. Já escrevia contos, nos quais a imaginação e a graça não escondiam o rigor. Nessa época, quase todos os rapazes e as moças com vocação literária, ainda que se vissem como poetas, críticos, teatrólogos ou ensaístas, escreviam contos, ou pelo menos um conto — o seu conto —, com o qual esperavam tocar com a ponta dos dedos na lombada dos livros de Katherine Mansfield, Tchekov, Kafka, Machado e Torga. O caso de Cecilia era distinto: porque amava o breve e o contundente, ela se queria contista. E do conto jamais se apartou, embora tivesse também paixão pelo teatro e fosse obrigada, no correr da vida, ao exercício do jornalismo, um jornalismo, por sinal, corajoso e criativo, que a fez a primeira mulher a receber o Prêmio Esso de Reportagem, em 1980, por uma longa e dolorosa matéria, que virou o livro *Menores no Brasil: a loucura nua*, sobre hospitais psiquiátricos para crianças e adolescentes.

Desde os dias de nossas primeiras conversas — que coincidiram com a publicação de seu livro de estreia, *Ponto morto* —, acostumei-me a ser surpreendido por seus contos. A assustar-me com o rancor que goteja de alguns deles, como se não houvesse na vida lugar para a esperança e toda janela se abrisse para um muro cinzento. Não me lembro, aliás, de ter encontrado em suas prosas um só jardim florido, nem vislumbrado a menina, de que tanto nos fala, a se encantar com os passarinhos. Não me cansei e nem me canso de comover-me com aqueles contos em que se entretecem a invenção e a memória, como os que trazem da infância o seu enredo — uma infância despida de beleza, solitária e maltratada, a sofrer, cheia de medo e em desamparo, a onisciência de um Deus mesquinho, vingativo e feroz que lhe é imposto.

Tudo isso que já estava em seus dois últimos livros de contos, *O caos na sala de jantar* e *Estudos de interiores para uma arquitetura da solidão*, continua presente em *Faróis estrábicos na noite*. Insistem em acossá-la até mesmo certas imagens como a do insosso salão de visitas com o piano, as cortinas de *filet* com desenhos de pastoras e a litografia do Sacratíssimo Coração de Jesus, ou a da caixa de fósforos de segurança marca Fiat Lux com o Olho assustador e vigilante no centro de um triângulo. E ressurge, num novo conto, a cena da menina, na missa, a baixar os olhos, porque lhe era vedado ver a elevação da hóstia consagrada, a hóstia na qual as mulheres, por impuras e corruptoras, não podiam tocar. Não só a mulher que queriam sempre apequenada e submissa, mas também aquela que, no andar do jogo, se rebela e se afirma são as grandes personagens de Cecilia Prada, e a razão de muitos de seus enredos, nos quais o que mais sobra é a falta de amor.

Neste livro, Cecilia, ao moldar suas histórias, tornou-se mais compassiva. Mesmo nas narrativas dilacerantes, não falta um olhar de quem chegou a avó. Um olhar comiserado, semelhante — eu me atreveria a dizer — ao de William Saroyan de suas primeiras coleções de contos, diante dos desacertos da vida, do que nela se gastou e, como diria uma personagem de Cecilia, ninguém jamais entendeu. Cecilia tornou-se mais compassiva e, ao mesmo tempo, mais afiada e cortante. E apurou a habilidade, que sempre me seduziu, de vestir a realidade de ficção e a ficção de realidade, de conduzir uma história do preciso ao ambíguo, do provável ao imprevisível, da tagarelice ao silêncio, do desencanto ao assombro, e lhe inverter ou adiar o desfecho. Se já era a dona de sua prosa, não lhe basta, neste novo e esplêndido livro, nos tornar testemunhas ou cúmplices de suas histórias: apodera-se de nós e faz com que nossas mãos se confundam com as mãos de quem as escreve. Enquanto a lemos, deixamos, contraditoriamente, de ser leitores. Somos, todos e cada um de nós, Cecilia Prada.

Alberto da Costa e Silva

Faróis Estrábicos na Noite

APRENDIZADO

"Um terço se exilou, um terço se fuzilou, um terço desesperou
e nessa missa enganosa
houve sangue e desamor."

Affonso Romano de Sant'Anna

I

Dizem que naquele tempo ainda havia caminhos de mato grande incrustados por ali, na Mantiqueira, divisa entre São Paulo e Minas. E que por esses caminhos, cavernas, esconderijos, se escoaram muitos, fugidos, servidos por um núcleo forte de apoio — gente que até foi, até foram alguns, se juntar aos do Araguaia. E outros tantos que sumiram, para sempre. Houve mesmo quem dissesse que naquela pequena cidade sentada em um vale entre as montanhas, a resistência se valeu durante algum tempo da displicência de um delegado de polícia, bêbado, frouxo. Ou cúmplice, talvez? Sabe-se lá. Mas depois, no final dos anos 60 — veio, forte, a repressão.

E histórias daquele tempo, dos anos 60 e 70, houve muitas. Há quem diga que não devem ser lembradas, remexidas, fazem mal, ainda, parece. *Para quê?* — diz o Tribeca, velho cabo da PM, reformado, curtindo sua pinga no botequim. Diz Floriano, que era professor naqueles tempos, sujeito meio vago, de pouca palavra. Foi exilado político, hoje recebe pensão do governo — indenização.

O certo é que foram tempos duros, aqueles — aço, fogo, pedras. Arestas. A menina — tinha dezesseis anos — se chamava, de nome forte, pedregoso, Valkyria. Era alta, magra, toda mulher, de cara larga, como se já enfrentasse o mundo.

    O forasteiro, aquele que um dia apareceu do sem-mais, aquele que alguns meio brincando chamavam de "Capitão", tinha perto de trinta. De nome, rebarbado, Jader. Rosto cavado. Magro e alto também — determinado. E ele disse, quando ela apareceu, "nós dois". Eram pessoas, ambos, de gestos precisos. De palavras poucas, necessárias — pedras, na boca. Com as duas palavras, decididas, vitais, ele estabeleceu o laço. Mais não disse, não precisou dizer: a menina se abriu. Sentia-se caverna, úmida à espera, devoradora, e que agora se completava — seu macho.

    Eram bonitos de se ver, tão casal, tão fortes — modelo.

    Mas isso, era só o que parecia — no dizer de Julinho, que tinha dois anos menos do que a irmã. Só o que parecia, não o que era, não. Que a Valkyria, que era Val mesmo, Valinha, não era assim toda talhada em pedra e canivete. Antes meiga, antes toda-olhos-sonhadores, essas coisas de menina, que era, Júlio testemunhava. Se entendiam, tanto, os dois depois que a mãe morrera. Que o pai, Jurandir Vilares, seu Jura da farmácia do Largo, meio cavernoso. E triste, embutido, negaceando afeto — tinha muito, pelos dois meninos, mas não sabia muito o afago, a conversa, era um tímido. Os meninos cresceram assim, sem mãe, esse foi o problema — diriam, mais tarde, na cidade. A menina, sem mãe, foi isso, dizem ainda as comadres, que nunca entenderam muito de política. E os tempos, sim, eram difíceis. Mesmo na cidade pequena, encostada na Mantiqueira. Cidade dessas que só pegam a onda atenuada, espraiada, dos grandes ciclones, dos grandes terremotos — é o que se dizia, pelo menos até aqueles anos em que tantas coisas aconteceram. O resto, do passado, de contado pelos mais velhos, só umas farripas de histórias da Revolução de 32, de um combate só, fronteira de Minas, já sabe — mas não há família daquelas bandas que não guarde na parede da sala um capacete, um obus, até mesmo uma bandeira, a de treze listras que o Getúlio mandara queimar. Dos veteranos de 32 diziam sempre, as mulheres de cada família, "meu tio", "meus irmãos", "meu pai", enchendo a boca — eles foram, combateram na Guerra Paulista, que durou só três meses. Teve um que morreu, chamava-se Ernesto, o filho do seu Quim, um herói. Do tempo da Guerra europeia a cidade também tinha seu quinhão de herói — um pracinha morto, Paulo Alexandre, filho de fazendeiro e ali, no museu emplacado, marcando cota, contribuição obrigatória que deixava a localidade quite, parecia, com a História — com H maiúsculo e do outro lado do mundo.

Depois, a vida retomara, emplacando décadas. Até aqueles anos 60. A cidade se desenvolvendo, sim, mas não tanto, criou algumas indústrias — a de doces caseiros, a de bordados, foram as primeiras, femininas e inofensivas, depois vieram oficinas autorizadas (e feias) estragando a paisagem, uma fábrica de óleo de alguma coisa que empestava a parte baixa da cidade, escritórios de representantes comerciais, fórum de juiz e advogados — até criminais. E ginásio, campo de futebol e time de segunda divisão, mas que chegaria, duas décadas mais tarde, a time de campeonato estadual. Uma vez só, logo rebaixado.

A igreja, claro — desde a fundação, 1800 e alguma coisa, imagens da padroeira, santos espanhóis vestidos de roxo na procissão da Semana Santa, irmandades e festas de preceito. Igreja — o que era a Igreja, afinal?, perguntava o professor de ciências do Ginásio, um incréu, um renegado, e respondia: a igreja era só um para-raios importante, colocado bem alto, protegia a cidade, ha! ha! Pensando bem, tinha sua utilidade.

E faculdade — uma, incipiente, de Educação, e poucos alunos. Que não frutificou, no final das contas acabou absorvida pela universidade dos padres franciscanos que havia na cidade vizinha, mais próspera e invejada. Foi muito melhor assim — dizem ainda alguns, os mais velhos. Só servia, como o ginásio, para insuflar a mocidade, botar ideias nos meninos — deu no que deu, não foi assim?

Cidades que quase anônimas — pontos no mapa. Apagados. Que um dia se animam às vezes, ficam brasa-rubra. Ardem, vão aos noticiários. Queimados uns quantos, vivido seu breve tumulto, a cidade volta ao morno semiexistir de antes. Intermitências. E o coro das mulheres velhas dizendo depois no correr dos anos com resignação histórica *não disse?*, porque elas sabiam, elas tinham lembranças de outras correrias, agitação vã, nos tempos do Getúlio, lembravam 35, 37, comunistas, integralistas — gente presa, gente desaparecida. E agora — diziam — mais uma vez o caldo engrossado, vontade de briga? Para que se expor, meu Deus, adiantava? Tudo depois esquecido, se transformando, se tanto, em alguma fotografia amarelada pendurada em parede de museu.

Mas os meninos, Julinho, Val, se contaminavam — de ideal. De vida. De palavras. E as coisas iam acontecendo, meio no simultâneo. Haviam chegado àquela cidade-corredor entre São Paulo e Minas, mais uma vez, notícias de que o mundo não acabava no fim da rua principal, no entroncamento da estradinha de terra sempre atolada no tempo das chuvas. Que era preciso *pensar maior*. E foi naquela época também, um domingo de festa por sinal, que o coração cansado do velho pároco catarrento, italiano, Padre Anselmo, resolveu dar por encerrada sua jornada. Para substituí-lo o Bispo mandou um padre jovem e bastante estranho — estranhado pelas famílias — Padre Alberto. Beto. Que chegou, meu Deus, de jeans e camisa esporte, montado em uma motocicleta barulhenta.

Aquele, foi um dia que marcou a cidadezinha.

Sem delongas, Padre Beto já nos dias seguintes se livrou da beataria, do sacristão encurvado, do latim engrolado do velho padre Anselmo, arejou a igreja, rezou missa no domingo em mesa colocada diante do altar-mor e virada para o público. Escândalo ainda maior: em português. Na Faculdade de Educação e no Ginásio, um bando de professores concursados, vindos da capital, falavam em justiça social, reforma agrária e "Estado dialético".

Havia um susto no ar — e os meninos, Julinho, Val, assistiam excitados, na farmácia do pai, a discussões sobre ideias.

Participavam, de olho brilhante, de alguns comícios na Praça da Matriz, sacudindo flâmulas vermelhas, chamados de "companheiros". A nova energia despertava sua cidade, enfim — um novo Brasil estava se forjando, um novo mundo se abria diante deles, diziam em todos os lugares, igreja, escolas, clube, na praça. Na praça, que voltara a ser do povo, porque o povo, unido...

II

Nos primeiros dias de abril daquele ano de 1964, a cidade teve uma primeira onda de choque. Enquanto as velhas comadres retomavam o refrão *eu não disse?* e tentavam reter filhos e netos em casa, uma certa reação se esboçava, havia grupos nos cantos do pátio da faculdade, Padre Beto ia e vinha cm cavalgada barulhenta de sua moto pelas ruas, telefones tocavam — houve mesmo quem publicasse artigo de protesto no jornal local. Coisas que acabaram por provocar uma reação no delegado displicente — Tomás, se chamava ele. Que formou esquadrão de polícia — eram seis os soldados de que dispunha, armados com uma metralhadora descoberta a um canto da delegacia, virgem de usança, e revólveres. E lá se foi, rua acima, até a casa de Floriano, professor de filosofia na faculdade, que até a véspera fora seu parceiro de xadrez.

— O que é isso, Tomás?
— Esteja preso, professor.

Dizem alguns que Tomás só tomara o depoimento do amigo, mera formalidade para enviar relatório caso lhe pedissem, da capital. Outros dizem que não, que houve prisão de

24 horas. Outros, que foi mesmo de 48 horas. Mas nunca mais ninguém disse nada, porque não houve mais o que registrar. E nem se sabe se a amizade enxadrística dos dois continuou, depois do episódio anedótico. Foi uma detenção emblemática, coisa para a cidade ver — ali estava Tomás, o doutor Tomás de Freitas, o delegado, que não toleraria subversão. A onda de inquietação se fechou, a rotina foi restabelecida — pelo menos, é o que parecia.

Sob a espuma rala do anedótico, fervia uma resistência. E uma organização se estruturava. Que nos anos seguintes foi se enraizando, no secreto, nos caminhos do mato, furando serras, estabelecendo bases, com figuras meio diferentes, vagas, passando pela pequena cidade, cruzando estradas. Recrutando universitários, rapazes, moças. E meninos, secundaristas. Todos adotando slogans, modismos — eram os "companheiros", sentiam-se importantes.

Quando o "capitão" chegou, Jader, tinha um ar ressabiado — logo o fizeram confortável, prestigiado. Tinha fala neutra, pouca mas firme. Reunia os jovens, eles o ouviam em silêncio. Trazia armas, levou algum tempo para distribuí-las, para começar a treinar os meninos — primeiro se solidificou, adotou disfarce fundamentado de sócio de uma oficina mecânica. E outro pai, que não seu Jura Vilares, abriria resistência quando ele iniciou a paquera com Valkyria, de nome pedregoso, 16 para 17 anos, corpo benfeito e ativos hormônios à espera.

Para Val, era a paixão. E havia o prestígio, é claro — se Jader não era o Che, lembrava. No rosto pálido e fundo, no olhar de brilho um tanto fixo, e na sombra da barba que ele por segurança resolvera raspar mas que persistia, escura, no rosto não barbeado de dois, três dias. E ela, seria a mulher-guerrilheira, a companheira de armas, de cama, de vida, sonhava.

Para Julio — que morreria mais tarde sob tortura — era o destino.

A Base do Alto já estava formada no final de 65, fortificada — conhecida de poucos. Os caminhos do mato adentro começaram de repente a ser lembrados, usados — excursões, trabalhos de pesquisa, comunicação com "camponeses", um termo que todo mundo achava engraçado no começo. Para os da cidade eles sempre tinham sido "caipiras" mesmo. Caboclos que vinham descalços, ou trazendo par de sapatos na mão, até o riachinho onde lavavam os pés na entrada da cidade, para a missa, a feira do domingo. Mas naqueles anos 60 a calça jeans, o radinho de pilha, sapatos e botas, até mesmo algum chapéu de caubói, já se tornavam comuns — e secundaristas e universitários, liderados pelo Padre Beto e alguns professores, os promoviam a "trabalhadores rurais" e agiam entre eles com alfabetização, "conscientização". Era um tempo de UNE e UNES fortes e programadas — tempo de livros e ideias.

Todos se preparando para pegar em armas. E seguirem para a Amazônia, em operações de guerrilha destinadas a derrubar o sistema, movidas desde as bases de São Paulo por dirigentes que morreriam na cama, trinta anos mais tarde, superando a marca dos 90 anos.

A Base do Alto tinha nome pomposo mas secreto e era uma casa grande e arruinada, esquecida no meio do mato, parece que antigo entreposto de tropeiros. Algumas semanas de mutirão, e caboclos e aspirantes a guerrilheiros deram jeito de moradia nela — depósito de armas e munição, também. Situada em patamar de planalto, com extenso terreiro na parte de trás servindo para campo de treinamento de tiro. Improvisaram-se camas de campanha, armários de caixotes, mesa de tábuas, banquinhos de cepos de árvores. Ressuscitado foi, com grande alegria de todos, um prestativo fogão de lenha, desses de fornalha, sete bocas e plataforma para lenha dotada de funções alternativas, servindo também de assento para conversa em noite fria, de mesa para se escrever bilhete de aviso para companheiro distante, ordem de passagem, essas coisas.

Val e Julinho participaram da instalação daquele lar alternativo, nas grandes excursões de fim de semana lideradas pelo Padre Beto, por algum professor — Floriano à frente de todos —, por alguns outros "companheiros" mais velhos vindos da capital. E pelo Capitão Jader, é claro. Foram os mais entusiasmados mesmo, com o fervor de crianças construindo casinha em árvore, passarinhos se aninhando — aqueles dois adolescentes, irmão, irmã, de mãe morta e pai enevoado e distante.

Mas a primeira operação de que Julinho participou não foi rural; foi uma ação urbana, bem planejada, rápida e eficaz. Naquele ano o núcleo já se desgrudara da cidade — passavam cada vez mais tempo naquelas excursões de dias prolongados, ou de férias, "pescando", "caçando" — desculpas que as famílias fingiam aceitar — por aqueles caminhos de mato adentro, que já se disse. Na verdade, aninhados na Base do Alto, já estabelecida e sobranceira — segredo bem guardado ainda, o terreiro de treinamento de tiro, os depósitos de munição, as trilhas estendidas, rituais de mensagens passadas, que se iam multiplicando e alongando.

Um dia, madrugada, a voz do Capitão : "Acordem, companheiros, vamos entrar em ação." Estremunhados, alguns quiseram se precipitar para os fuzis alinhados. A palma levantada os deteve. Pausaram a excitação. Mas não era mais um treino, perceberam. Era para valer. "Calma, calma." Calma e tempo para se vestirem, reunião na sala para o café — tão cedo, tão assim meio da noite ainda, o que havia? Sim, houve preleção para o grupo geral, meio estremunhado — manhã fria. Depois, escolha. Grupo limitado, João, Gil, Egberto, Chicão parece que também estava — apesar do nome era um adolescente magro e muito alto, alourado. Dizem que mais tarde desapareceu, feroz, no Araguaia. O Capitão deu um passo atrás, apresentou um vulto que emergiu de repente, parecia, lá da parede do fundo — ninguém conhecia, homem de meia-idade, um dirigente de cara enfezada que foi apresentado como "Barbosa", e todo mundo sacou logo que esse não era seu nome.

— E Julio — disse o Capitão.

— Só homens? — estranhou Val, meio ressentida.

O Capitão avaliou as três mulheres, Val, Linda e Ceição. Escolheu a última meio constrangido, a mais forte delas, meio atarracada, um pouco machona. O que ele achava é que Val tinha receio pelo irmão, tão novo, Val sempre meio maternal protegendo o menino; o Capitão se irritava, ele precisava virar um homem de verdade, se expor, entrar em ação. Mulher não compreende essas coisas.

Foram. Era uma quarta-feira, nas férias de julho de 1968. Para mais uma "ação programada expropriatória de Banco" — rápido e eficiente assalto em desprotegidas agências de interior, para manutenção do fundo de reserva da Revolução. Coisa de rotina já, sem muito drama. Não para Julinho — instruído, sim, sabia bem os passos todos, o que devia fazer, sua tarefa era somente ficar de alerta na esquina, encostado em uma banca de jornal fingindo que procurava uma revista. Mas seu coração estava disparado, na caminhonete ainda, sentado na lona que recobria o fundo falso para os fuzis. Jader, do outro lado — isto é, o Capitão —, percebeu, deu uma piscada para ele, o garotão, irmão mais novo, filho quase. Que retribuiu com um meio sorriso, desviando o olhar embaraçado. Eram assim aqueles dois homens ligados por Valkyria, a forte.

Que não era assim tão forte. Tão esperta. Meio tola, até, isso sim — comentaram, depois, como se deixara apanhar nisso, essa coisa, ora, queria ser mulher independente e ficara grávida?

E por aí já era mais para o final de 68 e as coisas pioravam, rápidas.

Como os "acontecimentos exteriores" — lá da Europa, dos Estados Unidos, da capital do Estado ou da República — chegam a uma cidade tão pequena, ali encoscorada na Mantiqueira, protegendo-se no seu vale? Nem chegam, mesmo. Chegam farrapos, migalhas, vislumbres, chega uma faísca longínqua, incendeia matas, paixões — transformados os dias-comuns em todos-excepcionais (o que decerto satisfaz de uma certa forma, especial, única, os espíritos adolescentes). E há um rol de pequenos eventos, um riso, um comando, um olhar, sabe-se lá, que ocorrem de repente, se somam, se multiplicam, reespelhados, em torrente. As pessoas, seu jeito, o que fazem, o que sentem — elas se modificam de repente (do lado do avesso se poderia ver melhor os pequenos fios que ligam as pessoas todas, suas costuras e elementos em incessante — incessante — atividade, refervendo. Borbulhando.).

Assim ligados, naquele tempo, o Capitão, Val, Julinho — e mais Chico e Ceição, João, Gil, Egberto e o Padre Beto, e o Barbosa, e outros tantos, e o professor Floriano, Linda, e os que mais. E seus líderes todos ali, traço de união, mantendo a chama, a atividade constante, agora que os tempos se faziam mais cerrados: a Revolução, diziam, sim, ali em suas mãos, dependia deles, só deles.

III

O disparate de ser mulher, pensava Valkyria — sentada na cama do casal, apertando um travesseiro contra o ventre que se armava aos poucos, e ainda tão vegetalmente, no feto. Imobilizada no centro dos acontecimentos por causa daquela gravidez inoportuna, tinha a sensação persistente de ameaça. O cerco. Tenazes que vinham se apertando em torno deles todos, vindas do mundo exterior à sua toca, na Base do Alto — notícias de duas rodas, a da autoridade e a dos revolucionários, que pareciam girar em sentido contrário, moendo a sua geração. Esquerda e direita se revezando nos ataques —

foi o tempo das investidas comandadas por Carlos Marighella, em São Paulo e no Rio, contra o hospital da Polícia Militar, depois contra o próprio quartel-general, com uma sentinela de 18 anos que morreu e mais militares feridos, da bomba que estourou diante do consulado americano. Do outro lado, a repressão da cavalaria aos motins de rua, os estudantes mortos, Edson Luiz no restaurante do Calabouço, no Rio — que se tornou um emblema. A passeata pacífica dos Cem Mil, a irritação desencadeada dos militares e o Ato Institucional Número 5, com sua sequela de prisões, torturas, banimentos, mortes.

Eles estavam no olho do furacão, dizia Val — e riam dela, meio que a contragosto, riam Jader, Julinho, os outros companheiros, daquele seu exagero literário. Parece que não restava muito naquela menina alta e magra do sonho de ser uma intrépida guerreira. Às vezes chegava a odiar a sua situação — o bebê era um intruso, aparecido no cenário da História sem ter sido convidado. Um dia desabou na choradeira, foi quando Ceição teve a ideia de trazer do armazém da vila próxima umas roupinhas de nenê, para o início do enxoval.

O Capitão, parado no meio do quarto, revirando um casaquinho de tricô. Embaraçado, como se não soubesse o que fazer com aquilo.

Enquanto isso as coisas se finalizavam. Sim, o cerco se apertava em torno deles. Mesmo porque a Base do Alto já perdera, por aquela altura — que era o início de 1969 —, aquele ar de base-casa de campo, com seu relativo sossego, a beleza do cenário, o cume azul do fundo amanhecendo sempre envolto em neblina, o arvoredo denso povoado de macacos espertos, de pássaros que inauguravam a madrugada chamando os guerreiros para mais um dia de combate.

A Base do Alto era uma praça de guerra — cada vez mais fortificada, cada vez mais ativa nas suas incursões de assaltos a banco e outras escaramuças. Entreposto de armas. Nó de uma rede de comunicação entre vários grupos espalhados por aquela região — inclusive alguns egressos da fracassada Guerrilha do Caparaó, praças e sargentos rudes, caçados pela polícia, que ali vinham a ter e dali partiam para rumos outros.

Por esse tempo Julinho, prestigiado por Jader, já ia assumindo lugar meio de segundo-em-comando no forte. A amizade entre os dois homens se enraizara, sólida. O garoto crescera e enrijara, fazendo músculos, ágil e pronto na ação, os lábios estreitados em ricto que parecia precoce e forçado — de masculinidade: a barba bem rala, nascente, completava a máscara que adquiria rapidamente. Participava em ritmo de rotina de todas as ações, que naquele tempo e na região na realidade nunca chegaram a confronto com tropa ou polícia — assaltos a bancos, armazéns e depósitos, pequenas sabotagens, arregimentação, encontros com dirigentes mais altos da organização, pequenas viagens para formação de novas bases, de alguns refúgios secretos, mato adentro. Como Água Fria, Matinho. E Suindara — uma pequena caverna de difícil acesso e entrada bem disfarçada, abastecida e segura, só conhecida de muito poucos e onde um cara podia passar meses sem ser achado — dizia Jader, que lá o levou em um dia de viagem, só os dois, privilégio de sua confiança.

IV

Instalados na Base havia sempre uns vinte. Bem armados. Suas sentinelas. Suas precauções. Mas os que chegaram, súbitos e implacáveis, naquele amanhecer do dia 16 de maio de 1969, haviam tido tempo e método para saber dos pontos fracos do aparelho, e valiam-se do inesperado do ataque naquela hora indecisa entre o torpor do sono dos aquartelados e a luz do dia — o destacamento da Polícia Militar chegou em dois jipões de guerra bem aparelhados, deixados no sopé do monte, enquanto, em absoluto silêncio os soldados galgavam a encosta, disfarçando-se sob as árvores. Até que os cães da Base, espúrios mestiços que de guerra nada entendiam, dessem o alarme. Que de nada adiantou. Os soldados cercaram o casarão, gritando para que todos saíssem, desarmados. Mas, sem darem tempo para a reação, estouraram portas, invadindo. As doze pessoas que estavam dentro correram para os fundos, alguns conseguiram pular no terreiro pelas janelas da cozinha e dos quartos, outros foram presos dentro da casa, houve até quem esboçasse passos inúteis pelo terreiro, em direção ao depósito de munição — Julinho entre eles. Mas logo desistido e voltando para a casa para ajudar Valinha, que, com o barrigão de seis meses pesando, tentara pular a janela da cozinha.

Ela jazia no chão de terra, do outro lado, atingida em cheio por um tiro de pistola que um dos PMs lhe acertara, por trás.

Enquanto corria na direção de Val, Julinho pôde vislumbrar ainda Jader — o Capitão — pelas costas, não visto pelo

PM que se curvava agora, aturdido, sobre o corpo da mulher grávida.

De pijama listrado, sozinho, o guerreiro — o Capitão — disparava veloz, embrenhando-se no matagal cerrado que havia por trás da pista de treinamento de tiro.

Sem olhar para trás nem uma vez.

TÊMPERA

Ninguém soube ao certo se Martim morreu de desgosto. De envenenamento pelas tintas da paleta. Ou de seu coração ter parado na tarde luminosa daquele 3 de setembro. Mas muitos teceram coisas — que coisa. Dele, de Maria, seus amores, foram buscar a baba escondida e o fio desprendido do trapo da vida, de toda vida, de todos nós. Maria — o quê? Maria era longa, esguia e esquiva, de olho verde-escuro de mar muito afastado, que ninguém nunca percebeu em vinte e cinco anos de matrimônio. Se mexia quieta pela casa, pelo ateliê, limpava paletas, jogava fora os trapos encharcados de solventes e restos de tinta, arrumava os pincéis, fazia a escrita de Martim, vendia-lhe os quadros, arrumava camisas e cuecas, dirigia a cozinheira, recebia visitas e anotava recados.

E no colchão duro das necessidades acomodadas entregava-se a Martim. Num abandono de adolescente saída de colégio de freiras.

O que se passava — o que se passou — o que se passa nas pessoas, alguém sabe? Maria pontuava a carreira do marido, o pintor que foi ficando famoso.

Martim foi ficando famoso mas não somente assim como hoje se faz, vendendo quadros, ganhando cada vez mais dinheiro. Ficando famoso como se podia ou devia, naquele tempo. Porque, é claro, isso aconteceu há bastante tempo. Martim (e Maria, é claro) vieram acontecendo desde 1930 — depois que se encontraram em uma matinê de carnaval no Odeon, ela de colombina cor-de-rosa, ele de palhaço-sem-graça. Tão sem graça trambolhando pelo salão, ressabiado, palhaço de óculos finos de aro de tartaruga, que assim foi achado uma graça! por Maria.

Dizem, os que os conheceram, que Martim era muito ciumento de Maria. De Maria distante e esguia, de olho verde-escuro de mar afastado. Outros dizem que não, que ela é que não estava à altura dele e que quando ele descobriu, enfim. As pessoas dizem muito de uma pessoa tão famosa. Querem dizer assim "o Martim, quando tinha 27 anos..." para provar que conhecem gente importante, só isso.

O certo é que, uma tarde, depois de mais de vinte e cinco anos, Martim entrou em casa e encontrou Maria toda vestida, de tailleur bege, blusa de renda branca, sentada em um banquinho do ateliê, segurando a bolsa. Ficou espantado. — Aonde você vai? — perguntou.

— Eu vou embora — respondeu Maria.

— Embora para onde? Que loucura é essa?

E ela foi mesmo embora, sem mais. Não, não no assim sem mais, porque já preparara tudo, já falara com advogado, separara dinheiro para si, reservara quarto com banheiro em apartamento de amiga. Fez coisas que naquele tempo mulher nenhuma fazia — porque isso se passou lá pelos anos 50, 60.

Martim ficou desesperado. Ficou órfão e desatrelado, de repente. Um certo remelexo na família se fez, apelou aos dois filhos já moços, já nos seus caminhos. Maria, nada. Serena, decidida.

Passada uma semana, Maria voltou. Martim precipitou-se, em risos até, ele que estava mais para homem de cara amarrada. Maria chegou, deu uma olhada em torno, viu aquela desordem toda, o ateliê uma zona, os trapos sujos de tinta atirados para todos os lados, tirou o chapéu e as luvas, colocou-as em cima da mesa, sentou no mesmo banquinho da despedida.

E expôs seus termos: dali por diante continuaria a trabalhar na casa como secretária do marido, encarregando-se de providenciar a limpeza do ateliê, gerenciar a venda dos quadros. Teria um salário fixo, comissões sobre os ganhos, horas certas — das nove da manhã às cinco da tarde, com duas horas para almoço.

Certo?

Martim riu, meio divertido. Um riso meio torto, que foi parando por ali quando viu que ela falava sério. Maria pontuou bem as coisas — pegar ou largar, o respeito às condições devia ser absoluto. Ela seria uma empregada da casa (da firma), paga, com obrigações bem definidas e regalias trabalhistas.

Certo, concordou Martim, engolindo em seco.

E as coisas foram se desenrolando assim, às nove horas em ponto Maria chegava, abria a porta, ia dependurar o casaco e a bolsa, vestia um guarda-pó, ia arrumando o ateliê, Martim chegava, ela o cumprimentava polidamente, prestava contas, conversava sobre exposições e datas, limpava os pincéis, os trapos sujos, saía para o almoço, voltava. Às cinco horas em ponto, tirava o guarda-pó, vestia o casaco, as luvas, pegava a bolsa, se despedia.

É claro que Martim, ao vê-la distante, reservada, misteriosa, tentou o que todo patrão tenta com a secretária — pelo menos, teve a intenção de tentar. Afinal, Maria era ainda uma mulher bonita, esguia, elegante. E inteligente, ele não podia negar. Ela voltaria a ser sua, teria de. (O pior é que havia nele, por trás das maquinações da sedução, um sentimento — ela era, sim, a mulher amada, a que nenhuma outra jamais etc.)

Não. Se enveredarmos por aí, contando as coisas como os demais sempre contaram, quebrando pelas juntas a história e transformando-a em mero clichê, anedota, essa história que dizem verdadeira — estaremos cometendo uma injustiça. Para com os personagens. Para com a própria narrativa, desperdiçada em vulgaridade.

Como saber realmente o que se passava em Martim, em Maria — como interagiam as duas personalidades, os dois temperamentos, como se combinaram eles em mil recombinações de uma só têmpera, não só naqueles dias posteriores à separação, mas a vida toda, suas conversas em todos os momentos de convivência naqueles vinte e cinco anos anteriores, no picado dos dias e das horas, no ateliê, na cama, na praia... enfim — para o que se encaminhavam, de que fugiam, sua grandeza, suas mesquinharias... como saber? (nós, que nem ao menos somos deuses).

Só podemos vê-los, a eles dois, Martim, Maria, como duas esferas de força que um dia se encontraram, se superpuseram, reunindo sua potencialidade — a dele se desenvolvendo depois a partir da imobilidade dela? (Não dizem que "por trás de um grande homem há sempre uma grande mulher"?) Mas então, um dia, a força retraída, a Maria, avança para o proscênio, desliga-se da outra força e...

Para Martim, pela primeira vez, houve um questionamento — então ela não estava feliz? Ela que permanecera todo aquele tempo ali, à sua disposição, ao seu serviço, sim, essa a verdade, ao seu serviço, ela, a sua amada, a sua modelo — não pintara um famoso retrato, dela? De repente — havia uma estranha ao seu lado, uma mulher fria, distante, uma funcionária metódica, uma peça autônoma de engrenagem?

Martim deu de seguir Maria. Espioná-la. Ir até o seu edifício, rebaixar-se a ponto de indagar coisas ao porteiro, ao garagista. Saía à noite, percorria os bares da orla, vigiava a saída dos teatros, os restaurantes. Esperava que outros lhe contassem com quem fora vista, o que fazia, com quem estava. Não conseguiu descobrir nada.

Como todo homem, e pior ainda, sendo seu dom a expressão plástica, Martim não era dotado de fácil verbalização. Mas durante aquele tempo todo de desconforto com Maria — meses se passaram, dizem — foi brotando aos poucos lá dentro dele informe botão, meio que a medo: um desejo de falar, parecia; uma necessidade de desmanchar aquele nó que se formara entre eles (os homens sabem, bem que sabem, que esperamos deles a palavra — o desmanche daquele caroço ruim, tão saliente, que eles carregam na garganta, do cancro fechado da "não entrega").

Quando a fala chegou, foi numa quarta-feira de inverno toda cinza com mar de ressaca ao fundo. Martim esperou por Maria, antecipou-se a ela abrindo a porta do ateliê, foi o primeiro a dizer bom-dia. Maria parou na soleira, como convidada indecisa. Dizem que Martim até arriscou um comentário sobre o tempo — sem graça que só ele mesmo, pensou Maria, que não pôde evitar um sorriso a meio. Talvez lembrada daquele palhaço que até era engraçado, do baile do Odeon.

A conversa não foi além daquilo, naquele dia de ressaca. Mas parece que frutificou — coloriu-se? Sim, deve ter ido por ali afora, ganhando força e sobretudo cores, aos poucos. Afinal, Martim era um colorista de mão cheia. Mas, quando um dia ele quis estender a conversa para fora do ateliê e das horas regulamentares, Maria voltou a se fechar, desculpou-se como faria com algum patrão inoportuno, catou luvas, chapéu e bolsa, saiu rápida. Faltou dois dias ao trabalho. Martim enregelou, colado às suas telas, esperando um telefonema. Que não veio. No terceiro dia, lá estava ela às nove horas, pontual, fria, mecânica.

Não, nem tão mecânica, pensou Martim, que em um dado momento, semanas depois, conseguiu virar-se a tempo de colher na ex-esposa um olhar feminino, intenso, antigo. Um olhar insaciado. Foi a vez dele fingir não ter percebido. Enfim, ficaram nesse jogo um pouco mais de tempo, bola vem bola vai.

Até a coisa ganhar uma súbita e incontrolável aceleração, quando um dia Martim não se aguentou mais, se arrebentou pela fala — ele, o difícil de verbalização, o homem do pincel, o encruado, falou: coisas assim, que Maria era seu amor, que eles podiam retomar uma vida, que reconhecia seu erro, pedia perdão até, e que tal se fizessem uma viagem à Europa juntos, uma viagem como ela sonhava — ele sabia. Não mais uma daquelas viagens apressadas e cheias de negócios de quadros e galerias, mas deles, só deles, com tempo e vagar e...

Maria olhou bem para ele, fundo — e sorriu. Não posso exagerar, dizer que aquele foi seu primeiro, seu único sorriso pleno em meses (o outro, o de linhas acima, se estão lembrados, fora "um meio sorriso"), mas me disseram que sim, que foi. O certo, o que todos viram e confirmaram, foi a animação de Martim nas três semanas seguintes que antecederam o embarque — para um cruzeiro por países do Oriente Médio e da Europa, em navio italiano de luxo, cabine de primeira classe reservada, trajes especiais feitos por alfaiate para ele, uma compra de enxoval para Maria — dizem que ele próprio o encomendou em boutique de luxo. E providências tomadas para ausência mínima de seis meses, uma vida nova que despontava para ambos, tudo muito anunciado, festas de despedida, sonhos.

Quatro dias antes do embarque, um telegrama chegou para Martim: "Impossível viajar. Boa viagem. Maria."

O porteiro do edifício dela confirmou: a senhora? Viajara para Minas. Não, não deixara endereço.

No ateliê desolado, sobravam tintas, pincéis, esboços. Sobrava a sua vida. Martim se demorou sentado no tamborete, diante de uma tela em branco — olhando para o nada, parecia. Mas o nada de um homem que viveu já 54 anos, o nada de um artista, é feito de um tudo de miríades de impressões de cores de luzes de trevas de folhagens de falas de escutas de olhares mil olhares das cores todas o vermelho vivo o triste róseo do entardecer o suave cinzento da tarde de chuva o azul da melancolia e da divindade das guirlandas tecidas em torno dos amores da boca fresca da namorada de quinze anos de todos os sonhos as aventuras, as batalhas os suspiros as mortes o nascer renascer de sempre o diálogo dos amigos os sons a música de todos os tempos e os livros os papiros da imaginação desatada e...

Havia ainda um tudo, no seu nada. E a ele entregue, como nunca antes, Martim se derramou em telas, desenhos, gravuras, no mais que podia, exaurindo todas as suas possibilidades, desenvolvendo suas técnicas, esquecido de tudo o mais, até de comer, de dormir, obsessivo, redobrando horas no ateliê, lavando mal os pincéis, limpando a mão em trapos de solventes, de tinta — se envenenando. Morreu de repente, sete meses mais tarde.

Mas dizem os que bem o conheceram que mesmo na mocidade, que já na adolescência, tinha o hábito estranho de provar as tintas com a ponta da língua. Se inebriar de tintas. Que chegara mesmo, em período de estudante pobre, a comer uma gelatina química que lhe vendiam para preparo de suas tintas.

Quem sabe ao certo?

Nós, que nem ao menos somos deuses — que histórias contaremos? Como dotá-las de todas as minúcias do acontecido? Afinal, Deus pôde fazer o que queria, pegar seu lápis-carvão do tamanho do universo e ir escrevendo milênios e bilhões de anos de suas histórias, grandes, pequenas, infinitas, grãos de areia, estrelas no céu? — tudo história.

Deus escreve a história do universo, e deste mundo, e a minha, e a tua.

Somos personagens criados, títeres em uma grande peça teatral. Rabiscos coloridos, dispersos em uma tela. Ou restos de tinta suja usada para a feitura de outros mundos, quem sabe. Mais nada.

TRILHAS DA MADRUGADA

"Na noite escura da alma são sempre três horas da manhã."

Scott Fitzgerald

1

Três horas da madrugada era coisa que nem existia, de tão linda. Só em uma valsa, *Três horas da madruga-a-da*, que a mãe desenrolava em pungências nostálgicas naquele piano convencido, alemão, com nome de saponáceo, *Sponagel*, que ficava guardado na sala de visitas, que era outra coisa inexistente de tão linda e tão guardada — coisas só-de-vez-em-quando, esse aprendizado, havia as coisas todo-dia e as coisas só-de-vez-em-quando.

A sala de visitas, formal e contida, obrigatória em toda casa que se prezasse, com seu encerado impecável, folhagens de pano pintado embalsamadas em vasos altos de latão nos cantos. Toalhinhas de crochê pelos aparadores, cortinas de *filet* com desenhos de príncipes e pastoras, o retrato dos avós nas paredes. Uma estante de pernas finas segurando a custo partituras. E sobre o piano, entronizada, sempre a mesma litografia do Sacratíssimo Coração de Jesus, de cachos e coração disponível, despudoradamente aberto e rubro.

Cômodo perigoso. Que tinha de ficar fechado a chave. Local de possíveis transfigurações, de sonhos liberados, onde o deus entronizado — muito mais do que o outro da litografia, com seus cachos — era mesmo o piano proibido, lustroso, preservado, alemão e antipático, as teclas que ela não podia tocar, *só quando você for grande e aprender a tocar, senão desafina o piano.*

Inclinando a cabeça para o lado, à moda do Jesus cacheado, a mãe tocava uma valsa que falava das horas da madrugada — que era coisa com gosto de proibido (o mistério daquela mãe que ali, sozinha com ela, parecia ser outra pessoa, uma moça despreocupada, alegre, não tão contida como quando o pai estava em casa — não mais a senhora executante fiel das ordens do marido vinte anos mais velho, não mais a intérprete de suas ordens, seu pai acha que, seu pai mandou fazer assim...)

E madrugada era coisa de homem, só os homens saíam de noite, sozinhos, eram senhores da noite e dos mistérios, *a rua era dos homens*, as mulheres rezavam, iam para a cama, dormiam e acordavam para fazer as tarefas da casa, e só de vez em quando podiam também ter seu segredo: abrir a sala de visitas, levantar a tampa do piano esponagado, com cuidado retirar o feltro bordado que cobria as teclas, escolher a partitura. As três horas da madrugada perdiam seu mistério, não eram coisa escura de homens, eram também coisa de mulher, ali, *permitidas*, parecia, e que diziam, "há gente que gosta do escuro e do vazio das ruas de madrugada, gente que não tem medo da noite e nem do apito do guarda noturno" (terrível, implacável e fininho, coisa gélida que ia se enfiando lá no fundo do osso da gente, esse apito, parecia — que nem arrepio quando se chupa limão toma sorvete.) Aquelas mulheres entrevistas em um cartaz de cinema de filme que nunca se veria, que alguma tia contava, a meio, aludia à atriz francesa Michèle Morgan em *Cais das sombras*... Elegante, olhar provocador, encostada em um poste e fumando, uma das pernas levantada e um pedaço de coxa aparecendo na fenda da saia, ah! O gosto do pecado.

A própria palavra, *pe-ca-do*, assim fendida, a primeira sílaba nos lábios que se abriam, as outras duas se fechando como em beijo, beijo na boca — como seria?

2

Os tentadores mistérios do mundo exterior — que só os homens conheciam. Eles batiam a porta da rua, lá se iam, donos da chave, donos do mundo, donos das suas horas — o que faziam? Traziam histórias para dentro da casa, para as mulheres reclusas. Falavam de acontecimentos, de política, de crimes acontecidos. Enquanto na vida das mulheres, reclusas, nada acontecia mais do que a panela do feijão queimando, que tragédia, a dificuldade de se arranjar uma boa empregada, a criança que tinha diarreia. O mistério das crianças também, tudo, o mundo, como era difícil de se entender. Como apareciam os bebês, ninguém dizia; uma vez perguntara à mãe *como foi que eu nasci*, a mãe ficara sem jeito e vermelha e respondera num resmungo, *assim, de repente você apareceu no berço.*

Na casa da tia, no interior, à noite o tio que tirava o chapéu do cabide — em um tempo de chapéus obrigatórios — e só dizia, se dizia, *vou ao clube* e saía. As mulheres encerradas naquelas casas de pé direito alto, que ficavam conversando — a tia, nem se importava? Como era bom ser homem, tão livre — como era o tal do clube?

Mãe, por que mulher não vai ao clube?

A mãe abaixou a cabeça sobre o bordado. A tia deu um suspiro.

Em cada partitura, em cada valsa, um mistério, *Tardes em Lindoya* — onde seria esse lugar tão longe, que de tão lindo tinha merecido música também, ah! Mas havia as coisas do medo, também, *Os heróis do túnel* — a capa da música já dava medo, ela não gostava nem de olhar, o túnel feio, escuro, de boca escancarada para comer gente, e o soldadinho na frente dele, baioneta empunhada, de cara que era um grito de agonia só... *Mãe, o que é isso?* É do tempo da Revolução, uma batalha que houve no Túnel da Mantiqueira, ficou famosa, na divisa de Minas, os mineiros e os getulistas mataram os paulistas. E a menina nem pegava na partitura, de tanto medo, era coisa muito feia — nunca conseguiu se lembrar de uma só nota daquela música.

3

O medo: era cinzento, cor de fumaça, cor de neblina, era uma coisa visguenta vindo, se colando nos ossos das pessoas, se espalhando sobre o bairro — uma certa ideia de que de repente todo aquele sossego podia se espatifar, coisas acontecerem, sempre havia pairando sobre a família alguma catástrofe, o inesperado, visita chegando sem avisar, a necessidade de improvisar o almoço, a hora certa, o dever de casa, a missa do domingo — chegar bem cedo na igreja, antes do padre entrar no altar, senão a missa não valia e era pecado mortal, e com um só pecado mortal se a gente morresse sem confissão ia para o inferno para toda a eternidade.

São Paulo nos anos 30 — aquela Revolução que fora há alguns anos, e que estava enterrada bem no fundo das gavetas, cara de morto surgindo no retrato, o obus da parede, amortalhada no fundo do gavetão da cômoda aquela bandeira de treze listas que o Getúlio mandara queimar — *o que está mexendo aí, menina?* Mas não haviam queimado todas as bandeiras? E se a polícia viesse, a polícia do Getúlio, não tinha metralhado estudantes? Se viesse, se voltasse, se descobrisse a bandeira, a Revolução enrolada na gaveta?

A Revolução era uma ferida aberta.

Tempo de comitês, de senhoras de tailleur e chapéu de feltro enterrado na cabeça, discursos que se inflamavam enquanto ela, a única criança levada a tais lugares, arregalava um olhão, não entendia nada, sabia só que devia ser aquela coisa de muito medo, coisa feia, *Os heróis do túnel*, o soldadinho de baioneta, o medo quando o trem da Bragantina que soltava brasa por tudo quanto é lado entrava no túnel — então, agora, vinham os mineiros, vinham os cariocas, vinha o Getúlio matar todos os paulistas do trem?

Tempo de comício. (*"Tempo de partido/Tempo de homens partidos"*). De correrias, tiroteios inesperados, aquela sensação de ser levada de um lado para outro, de ficar espremida entre o pai e a mãe na Praça da Sé, sufocada de calor lá embaixo, a zoeira, o desconforto, a vontade de fazer xixi e de chorar, aquela discurseira toda, as pessoas pareciam estar sempre zangadas — contra quem? — na Praça da Sé, que era a Maior Praça do Mundo, sempre um perigo para se atravessar, os carros que vinham de todo lado. E a mãe contando, anos depois, "então nós fomos, levando a menina, ver o comício da Praça da Sé, e saiu tiroteio, e só tivemos tempo de sair correndo, pegar um bonde que passava ali na José Bonifácio e fugir".

Uma voz ressoava, pelo alto-falante, nos comícios daqueles anos, uma voz forte, máscula: *Mulheres de São Paulo!* Era dona Carolina Ribeiro, a diretora da Escola Normal Caetano de Campos. A única mulher — *é homem, mãe?* — que discursava lá em cima. Com os homens.

Várias décadas mais tarde, ao ler a notícia da morte de Fúlvio Abramo, a escritora ficaria sabendo que ele "teve o poder de deter, organizando um comício, a marcha do integralismo entre nós". Devia ser "o comício do bonde" de que se falava na família — o perigo, o terror daquele alto-falante que era uma vozona que vinha pegar criancinha, vozes de pessoas muito zangadas que de repente, parecia, começariam a se matar.

Não devia estar errada. Os registros históricos dizem que o "comício do bonde" acabou em tiroteio e mortes. Mas a família cristã salvou-se a tempo.

4

O principal medo era o dos comunistas. Eles sim viriam, matando criancinhas, invadindo as casas, enfeiando as moças, provocando fome e devastação no país, roubando as propriedades, fazendo todo mundo marchar para o pelotão de fuzilamento. O caldo da fervura dos anos 30 engrossava-se com a Guerra Civil espanhola — que, na família católica repercutia como o horror dos horrores porque os padres, coitados, eram obrigados a fugir.

— Sim, e fogem levando seu ouro escondido nos santos!

A voz, indignada, era de dona Anita, espanhola e mulher do seu Muñós, que era o único monstro comunista que a menina conhecia — homem terrível, falava alto, dava murros na mesa enquanto discutia com seu pai, do qual fora companheiro de Congregação Mariana, católico de comunhão diária, um homem bom, diziam, depois começou a ler muitos livros e ficou ruim, e todo mundo que lia muitos livros acabava indo para o inferno, sabia? *A gente só pode ler os livros que o padre permite, ouviu?*

Longos artigos, no montão de revistas católicas que enchiam a mesa da sala, na casa da avó, falavam sobre *os perigos das más leituras*. Havia uma ilustração, *O caminho do inferno,* a boca do demônio escancarada lá no fundo, no caminho as pessoas lendo, despreocupadas, até caírem no caldeirão. Na Alemanha nazista, Hitler mandava queimar livros em piras gigantescas, ao som de canções patrióticas.

(Anos mais tarde, a mãe, que depois da morte do pai assumira plenamente o papel de censora, queimava no quintal, em domésticos autos de fé, todos os livros que considerava ímpios ou imorais. E a incipiente escritora teria de estudar escondido, na biblioteca da faculdade, escritores condenados, como Flaubert, Balzac, Hemingway, José Lins do Rego, Eça de Queirós, Zola e Sartre. Pouco mais tarde, a mãe, espumante, defensora da moral pública e cristã, avançaria mão sacrílega para um conto seu, rasgando-o... mas é claro que por essa época a escritora iniciante já aprendera a fazer cópia de seus escritos.)

... cinco anos, estava sentadinha no degrau da cozinha da casa do seu Muñós e morrendo de medo porque ele ia matar seu pai, e querendo ir embora logo, e foram mesmo, para nunca mais voltar. E seu Muñós tinha um filho que era muito gordo e andava de motocicleta, uma coisa potentíssima e barulhenta que fazia também muito medo, Francisco, se chamava ele, e morreu moço, do coração, e a menina pensava "benfeito, quem mandou ser gordo, comunista, e ainda por cima andar de motocicleta".

Mas houve um comício mais terrível ainda. A menina pôde acompanhá-lo não mais lá embaixo, vendo pernas de pessoas e amassada entre elas, mas do balcão de uma sala nobre do Colégio São Bento, aonde fora levada pelo pai.

— Por que todos estão vestidos de preto?

Perguntou meio alto e o pai fez sinal para que ficasse quieta. Aquelas pessoas estranhas, de porte rígido, inteiramente vestidas de luto, quem tinha morrido? Camisa preta fechada, e os padres beneditinos em seus hábitos também negros, e depois, no fim, por uma porta lateral entraram rígidos portadores de bandeiras inteiramente negras, que foram entusiasticamente recebidas com aplausos. Empinadas, as bandeiras se vangloriaram um instante, se pavonearam satisfeitas, mas depois — num gesto teatral ensaiado — baixaram-se todas ao mesmo tempo. Ela quase gritou, de tanto susto. E escondeu o rosto na calça do pai — que também parecia ser negra.

5

Todo domingo, tio Egídio vinha almoçar — era solteirão, professor, morava em um hotel barato perto da Estação da Luz. No dia em que havia pessoas de fora para almoçar, a família usava a sala de jantar — nos outros dias almoçavam na copa, em uma mesa comprida de madeira maciça, de canela, e a menina ficava pensando, que pena, a mesa de fórmica vermelha da casa dos primos era mais bonita, e só muitos e muitos anos mais tarde veria que nela própria estava inscrita uma história indelével de móveis antigos, objetos pouco usuais, relíquias — *sou toda feita de relíquias de um século — dois séculos?* —, *passados*, escreveria um dia, desenrolando o palimpsesto que era sua infância.

A sala de jantar era o contrário da sala de visitas. Um cômodo grande, de passagem, barriga da casa cortando o corredor ao meio, amarela, símbolos da vida de todo dia, guarda-chuva esquecido num canto, livros e jornais sobre a mesa, paletó num encosto de cadeira. O rádio Telefunken, as visitas íntimas, a leitura, o bordado, o dever da escola.

Diferença de posição das pessoas sentadas na sala de visitas e na sala de jantar. Naquela, voltadas para fora, círculo aberto, mostrando-se aparência na beira das coisas. Na sala de jantar, círculo fechado, as figuras ao redor da mesa: confrontação.

A menina, quietinha, ficava vendo o pai e o tio conversando muito sobre educação, *pedagogia* — que seria aquilo? Entre o bom vinho chianti que as crianças não podiam beber, e enxugando no guardanapo o rico molho da macarronada, eles concluíam, concordados, que todos os comunistas mereciam morrer fuzilados.

MANCHAS EM UM TAPETE PERSA

Minha irmã querida

Antes de mais nada, peço desculpas pela pequena cena em sua casa. Principalmente pelas manchas de sangue no seu tapete persa. Isso é o que mais me incomoda. Mas não se preocupe, sairão facilmente, talvez seja bom tentar aquele líquido novo anunciado na tevê no domingo passado. E afinal, se não saírem, sempre há o recurso de se disfarçar com algum móvel. Acho que aquela papeleira antiga que tenho servirá bem. Há ainda outra coisa: você poderá, não digo agora, já, já, porque não fica bem, mas daqui a algum tempo, mostrar as pequenas manchas às visitas, e com o dedo apontado para o chão ir repetindo sempre *eu bem que dizia*. Com o mesmo orgulho na voz que você punha em mostrar a sua reprodução de Degas, seu colar de pérolas, essas coisas. Eu não me importo, não. Aquela vez que caí de bruços e machuquei a testa, você também me olhou severamente — você era a mais velha, tinha sempre razão — e me sacudiu o braço com raiva, dizendo isso mesmo, que já tinha me dito para eu não correr tanto.

Mas isso foi há tanto tempo. No entanto, eu me lembro bem disso, e de tudo da infância. Embora muitas vezes você tenha apelado para mim, procurando valorizar as velhas fotografias do álbum, como se nelas estivesse a salvação. Mas duas coisas você nunca soube. Que eu podia, se quisesse, de repente voltar-me e perguntar-lhe que "ideais" eram esses que você insinuava. Você se embaralharia um pouco, talvez falasse na pequena cozinha de nossa casa de bonecas, ou no dia da nossa Primeira Comunhão. Ou, atordoada, invocasse os termos mágicos de sempre, envolvendo-os com grandes gestos redondos, porque pela primeira vez você veria que afinal não há mágica alguma, nem qualquer tesouro descoberto. Eu nunca fiz isso, eu tinha pena de fazer uma coisa dessas com você.

A outra coisa que você nunca soube, nem sequer desconfiou: as manhãs de neblina sempre presentes em mim — eu as levava para onde quer que fosse, bem preservadas. As manhãs de neblina frias e estimulantes, as árvores podadas na véspera — pilhas de galhos empilhados em delírio verde, contra o muro. E à noite, noitinha de nossa infância no bairro sossegado, quando eu ficava olhando da janela alguma lua distante, algum reflexo de estrelas impossíveis, pensando em vidas, outras, que me fascinavam, que existiriam, por esses mundos, sortilégios... Ah, mas como me esqueci? Você não podia nem saber dessas coisas, você estava lá dentro fazendo seu "Dever de Casa", numa letra cuidada que lhe valeu o elogio de Irmã Guilhermina.

Você nunca desconfiou que foi a consciência das manhãs de neblina subitamente redescobertas que me levou a olhar daquela maneira para Gilberto, na praia. Essa sensibilidade na ponta dos dedos, nos olhos, aguçada, então podemos caminhar pela manhã cinzenta — que é de chuva — e ouvir o barulho do mar, e atentar para o cachecol vermelho do homem que passa envolvido em mistério e em capa impermeável, e por um instante dizer *está aqui, na minha mão, enfim capturada*. (Você perguntaria o quê, com seus grandes olhos redondos — mosca, estrela, punhado de areia... você insistiria para que eu abrisse a mão. Poderia mesmo rir, como quando eu vi a sombra da árvore se tornando monstro na persiana, e você acendeu a luz, deu uma risada, me chamou de bobinha e mandou-me dormir, que não era nada — antegozos de maternidade abatendo-se, tão compactos, sobre seu franzino corpo de catorze anos.)

Sim, foi isso, a manhã-de-neblina-da-infância rediviva na manhã cinzenta — da praia. O corpo que anseia, não vá a vida escapar, de repente e para sempre, por detrás daquela esquina. O olhar que implora e chama, e se entrega, e então o corpo sente o tropel sobre ele, imenso, devastador, não importa, pisado, machucado — para que preservá-lo? —, e há mesmo clarinadas vermelhas brotando do cinzento, atingidas enfim todas as coisas, possuídas, casas na chuva, céu, pessoas, passos, vozes, ruídos e cores em mim se integrando, num raro momento apreendidas completas redimidas.

Mas você não entenderia de tropéis cavalgando meu corpo, de vozes se integrando em mim. Para você existia apenas o tropel dos meninos, na sala de jantar, no jardim, ou na cozinha, quando entravam em furacão, perturbando a empregada. E vozes ao telefone, familiares, perguntando se você tinha gostado de determinado filme, e vozes no seu living, na sua sala de jantar — as que ali entravam, exibindo seus atestados de saúde e de boa conduta, e de religião também, não muita, porque você nunca apreciou exageros, e se a gente levar a vida a sério, acaba louca. Vozes que você acabou trocando afinal, todas, pelas vozes de sua televisão.

Muitas vezes você me chamou, me implorou, uma vez chegou mesmo a chorar — e no seu desespero por mim, tão legítimo, se insinuava o perfil de sua filha nos futuros quinze anos, louramente vendável no vestido branco de debutante, dançando ao braço do pai. Não que você não se interessasse pela "minha alma": sei mesmo que deixou de comer doces por minha intenção, durante um ano. Foi bom, sua pele melhorou tanto, seu corpo também. E seu marido pôde novamente com satisfação passar o braço em sua cintura reconquistada.

Enquanto isso, a louca perseguição em mim prosseguia, em desordem, é claro, Gilberto, Paulo, Fernando, todos eles, e mais as pessoas todas que eu amava, de tão vivas que eram, e que você uma vez, em sua voz desoladoramente familiar, chamou de "rebotalho". Uma vez, me lembro, que ridículo, eu estava sentada na ponta de seu sofá dourado. Você e Luiz na minha frente, vagamente embaraçados. Me lembro até que você estava com uma calça preta, muito justa, e eu fiquei com vontade de rir, vendo que ela destoava tanto de seu cabelo preso em grampinhos, uma fatalidade tão desperdiçada na dona de casa. Fiquei me dizendo que preferia ver você de penhoar desbotado e chinelos, passando o aspirador na sala de jantar. Que bobagem, eu estava me esquecendo do seu orgulho de "saber conciliar as duas coisas", ser ao mesmo tempo uma mulher elegante e uma mãe de família exemplar. E além disso seu marido era major do Exército, você precisava estar à altura. Mas eu estava ali, na ponta de seu sofá dourado, e de repente, acho que foi só de maldade, comecei a falar de Noêmia, que eu tinha conhecido numa pensão, dormindo com tudo quanto é homem. Mas isso não foi nada: é claro que é perfeitamente condizente com móveis Luiz XV e senhoras de majores falar de prostitutas, abortos, outras banalidades. O embaraço se tornou visível e intolerável, porém, quando falei em asa-morcego-pássaro na manhã de chuva me roçando, me chamando, me chamando; em onda-desejo-dourada como a vida, e que era preciso seguir, seguir; e naquela noite, nos meus dezesseis anos, quando senti que havia uma presença atrás da cortina me espiando, mil olhos, mil dedos me apontando, a mim, no meio do mundo. Cheguei a me exaltar, dizer sentir meu corpo-meio-de-comunicação, e fluidos brotando das minhas mãos enervadas, como sangue. E... E então você fez o pior, o que nunca lhe perdoarei. Numa voz casual, perguntou por Paulino, se tinha tido alguma notícia dele, depois do desquite. Senti a sua intenção, e que você atirava subitamente em cima de mim, apenas reduzidos a cadáveres, todos eles, Gilberto, Paulo, Fernando (e até mesmo Armando, amor de meus quinze anos). Era a sua única arma de vitória. Foi exatamente como na minha primeira revelação a você de que eu queria ser uma escritora: eu me lembro, nós duas no nosso quarto cor-de-rosa, você se penteando; eu disse não sei o quê, que algum professor elogiara minha composição, e que um dia eu ia ser uma escritora famosa. Esperei, desafiante, uma zombaria, uma gargalhada. Não, esse não era seu estilo, você ficou calada e atenta, ouvindo; e dali a dez minutos disse-me que era melhor descermos, o jantar já devia estar pronto; e que aquele penteado absolutamente não me ficava bem. Ligadas as pontas dos dois dias tão distantes um do outro, você me apertava entre elas, como numa tenaz, me possuía, à sua mercê, fazendo-me sobrar de sua sala de visitas, de seu sofá dourado, de seu marido major — mas que esperava promoção a coronel — e de seus filhos turbulentos.

Afinal... para que brigar? Eu nunca me tornei escritora, quem tinha razão era você. O que foi um alívio imenso para a família toda — as manhãs de neblina embutidas em minha memória, sem o risco de se tornarem públicas, envergonhando tias. Houve a solidão, isso sim, me devorando, como uma ferida; mas eu a escondia bem, cheguei mesmo a aparecer nas colunas sociais (o que não deixou de causar uma certa vaidade a você. Via mesmo como mostrava o jornal à sua filha adolescente. Com a mesma solicitude dos mercadores de fotografias obscenas).

Não me tornei escritora. Tampouco a dona de casa que você um dia chegou a esperar, os olhos úmidos de emoção. Naquele dia, o do meu casamento, sob o seu chapéu-de-abagrande-de-madrinha, cheguei mesmo a vislumbrar um sorriso comovido, de perdão. Perdão por todas as apreensões que eu lhe causara, o triunfo também, enfim verdadeira sua afirmação de que um dia tudo estaria resolvido. (Tudo: manhã-pássaro, névoas, névoas e mais névoas, e as ruas da infância subitamente despertas me fazendo chorar, e como arrumar tudo isso na cozinha americana e no menu do jantar de Ano Bom?!) Agora, no entanto, sou eu que lhe devolvo, intacto, o seu prematuro pedido de perdão: sim, minha irmã, desculpe por eu não ter cabido no avental de bordado inglês que você tão carinhosamente fez para mim. Perdão, eu sei que fui um desaponto, para você e para todos, e afinal ficaram inúteis e sem significado as taças de champanhe francês, da ocasião, e o buquê, tão lindo, e a mobília novinha da sala de jantar — tão cara! —, o aparelho de som e mesmo os armários embutidos, que desperdício! O que é que eu podia fazer? — havia coisas retidas em mim para sempre, poucas coisas, tão escolhidas, como as luzes do fundo do olho, algum rubor ansioso da face, alguns gestos inúteis nas mãos, e a liberdade selvagem de caminhar pela praia à meia-noite.

    Há tanta coisa mais que eu desejaria lhe contar, minha irmã, nesta hora de explicação final. Porém, mais uma vez, me convenço de que todas as explicações entre nós são impossíveis. É uma questão de vocabulário, talvez. Você sempre de posse do sentido exato das palavras, desde a infância, e eu procurando, sempre, sentindo em tudo um estranho desajustamento, uma desproporção, as palavras para mim rolavam no vazio, me deixavam desorientada. Não houve morada em você para a dúvida, jamais, sequer para a hesitação; a palavra *amor* — talvez um pouco desbotada, apenas —, você a encaixou perfeitamente nos pinos certos, desde o tempo de noivado; isso o que invejo em você, sobretudo esse seu equilíbrio perfeito; suas *concessões*, por exemplo, iam sempre até onde deviam, nem uma linha a mais, afinal os tempos de hoje são outros, as moças, mesmo as mais de família, devem ceder sempre um pouco, para mostrar que não são frias, mas nem por isso baratear-se, entregar logo tudo, não, então que sentido teria o casamento?... (Estou me lembrando também de um dia de baile, você não quis ir de vestido decotado; envolveu seus ombros nus em um tule azul, me lembro bem, porque tinha lido que a nudez apenas insinuada é mais excitante.) *Deus* foi sempre Deus para você, desde o tempo do colégio — você indo para a mesa da comunhão com as mãos juntas, voltando com os braços cruzados sobre o peito, exatamente como a Madre Superiora mandara. Seu cabelo perfeitamente penteado não conheceu nunca o desespero de uma ventania de agosto; seu sorriso bonito nunca se desfez em uma contração de ódio, de angústia, nem mesmo no dia em que a empregada lhe furtou o colar de pérolas, nem mesmo quando Zezinho chegou em casa contando que levara bomba. Legendária a sua serenidade de estátua, minha irmã. Desculpe-me este "feio sentimento de inveja"; é que eu acho injusta a partilha feita entre nós da acumulada experiência ancestral: as manhãs de sol, a doçura de receber de presente tudo que a vida lhe deu (uma vez você me confiou que "o segredo era pedir pouco"), a alegria da bananada que deu ponto, as lágrimas na Primeira Comunhão da Heloísa, tudo isso foi para você. Para mim sobraram as névoas, já disse (as que eu amei apaixonadamente!), angústias de buzinas errantes nas tardes de inverno — cada vez mais longe, cada vez mais longe! —, a angústia de outros sóis, de outras praias, talvez inexistentes, que nunca conheci; e a avidez de apreender tudo, de viver tudo, mesmo a suprema vaidade de querer penetrar o sentido das coisas — esse langor de *blues* na noite, essa presença que às vezes nos olha, através da cortina de gaze, querendo ser descoberta, essa superagudeza de percepção, enquanto mendicantes nos arrastamos, sempre à procura, às vezes pedindo silêncio a todos, ao mundo, a nós mesmos, porque a infância está novamente prestes e se oferecendo, talvez possa mesmo ser desvendada. E nada conseguimos, afinal. Você é quem terá, talvez, razão, irmãzinha! De dentro da minha mão, finalmente violada e aberta, não rola nada, ela se fechou num triunfo prematuro e presunçoso: nem mosca, nem estrela, nem punhado de areia. E o monstro na vidraça era mesmo a sombra da árvore.

Acabou-se a explicação, minha irmã. Posso ver sua cara perplexa, afinal não houve explicação alguma, eu não disse nada sobre a pequena cena, tão desagradável e fora de propósito, no seu living — mais uma vez desculpe. Não lhe entreguei, numa suprema derrota, os fatos miúdos, Gilberto me seguindo pela praia escura até o seu apartamento, sons roucos na garganta pedindo-me satisfações precisas (todos tão necessitados de definição, o mundo; e eu escapando a todos, a todos, eu que desde pequena soube que não havia o preto e o branco absolutamente separados, nem as fileiras, nem as cômodas prateleiras dos armazéns, a brancura das fichas no arquivo). Os detalhes são os que você mesma, boquiaberta, percebeu, quando me abriu a porta, a cara descomposta dele, as palavras ruins que proferia — e elas soavam estranhamente deslocadas, em face do quadro de Degas, do seu tapete persa, do seu sofá dourado. E em mim a sensação de que o máximo estava enfim atingido, só me restava entregar-me, vencida. Tudo viera dar nesta noite, afinal era só isso o que a vida tinha querido de mim. Me lembro de que ainda olhei ao redor de mim, perguntando um "por quê?" derradeiro, que como todos os outros ficou apenas dependurado do ar, dependurado do nada. O resto está nos jornais, para que repetir? — *"Violenta cena de sangue em Ipanema. Morte instantânea da vítima."* Você por certo não terá esquecido de comprá-los.

Adeus, pois, minha irmã! Quanto às manchas de sangue no tapete, tente o líquido da televisão, insisto. Talvez dê certo.

MANÉ FULÔ

(Baseado no conto "Corpo Fechado", de João Guimarães Rosa, in *Sagarana*, 1946)

As coisas que se passam nesse sertão que por aí, ninguém sabe ao certo. O sertão é a terra do espicha-beiço, do diz-que-vale. De todos-falam, ninguém-sabe, reparou? Terra das coisas que crescem no sem-mais, ampliadas verdades, no cada-dia. Mesmo porque, me diga, onde é o sertão hoje? Que tem, por aí, ainda tem, por esse Brasil afora, tão grande. Aquilo que só se sabe, se adivinha, de escuro, de fechado, longe e impossível. Mas este lugar agora, Laginha, que era sertão antes, não, não agora. Depois da barragem, depois da BR que passou por aí, não se sabe mais, já viu sertão de verdade com tevê, com as pessoas ficando em casa para ver novela? O sertão ficou foi nas estórias da gente, as lembradas pelos velhos, dos outros tempos.

De Mané Fulô, então? Me lembro. Até conheci, morreu muito velho. E ouvi muitas vezes, me disseram, essa estória então, de tantas vertentes... que anda por aí, engrossada até. Daquele menino, sim, mofino e tristinho, encorujado de nascença, parecia, o Manezinho que ninguém dava nada por ele, gente dos Véiga, tudo meio bicho-do-mato, às vezes juntavam dois num burro mambembe, vinham vender no povoado um cacho de banana-ouro, meio saco de polvilho, umas coisas. O menino enfezado, sim, que vinha da roça com a mãe, viviam aparecendo na casa do Coronel Peixoto — o daquela casa grande, oito janelas fechadas dando para o pátio da igreja, oito janelas escancaradas para o largo, vistosa, reluzindo nos caixilhos verdes, na lisura do reboque retocado todo ano.

Diziam que era filho natural do Coronel. Dos tantos.

A mãe empurrava o menino, "toma a bênção do Padrinho", ele se enroscava, tosco e transido, se esfregando no batente da porta, amassando sem jeito um boné de brim pardo, muito sujo. Um menino que nunca ninguém ouviu falar, naquele tempo, nunca. Paresque que nem tinha voz. Que de vez em quando levava uma moeda jogada pelo padrinho coronel num quase nojo, "toma aí, ô moleque".

Mas que ia crescendo, muito magro, de olhar enviesado. De prosa pouca no normal, depois se desenrolando aos trancos, no botequim — ia crescendo nele uma animação, pegava até a conversar com qualquer um. Dizem até que, já homem, se pegou de amizade com um moço-doutor, médico, que veio da capital e morou uns tempos em Laginha, um que gostava de puxar prosa com todo mundo — meu pai contava, que eu era menino nesse tempo, sabe. Diz que de repente, no meio da conversa, esse moço-doutor puxava de um caderninho preto de capa de oleado, tomava nota de tudo — meio estranho, ele. Por aqui já passou muita gente. Assim que, parecia, tivesse dois Mané Fulô — um que era aquele meio-traste de se ver, miúdo, baixinho mesmo, coisa de pouca valia, quieto e de olhar enviesado, que ficava num canto de sala, de igreja, de praça, com uma espécie de cisma. Diz que depois de crescido, mocinho, ficava tempão na esquina da casa do Coronel, olhando fixo o batente da porta principal, sempre aberta como é costume da gente daqui. Como se quisesse entrar, sozinho, sem a mãe que já tinha morrido, se dirigir ao Coronel... Gente fala demais. Me diga, como é que podiam saber o que ele pensava, me diga? No que sim, é que naquela conversa palrada que começou a desenvolver no botequim crescia, em arroubo e imaginação — deu para arrotar umas grandezas que nunca teve, como a estória da égua que comprara de um bando de ciganos, no engano, desmerecendo pra comprar barato. Pois já viu alguém enganar cigano em matéria de cavalo, seu? Certo é que era uma eguinha meio boa, empinadinha e de trote ligeiro, matreira — diz que sabia tão bem o caminho da casa, na roça, que levava Mané direitinho, pateava abrindo a porta, despejava ele na cama para curtir a bebedeira. Se chamava... deixa ver que estou meio esquecido, olhe, uns diziam que se chamava, a eguinha, Beija-Fulô, ou alguém me disse Florzinha?... ora, que importância tem? Tem. Tem, sim. Teve muita, essa égua, em toda a estória que veio depois, com os desenvolvimentos. A gente tem de contar as coisas como elas são — mesmo porque tudo é impreciso, e ninguém sabe de nada, nada mesmo, o senhor não acha, mesmo eu, mesmo o senhor, como é que se pode contar o assim por-dentro das pessoas, como elas eram, o que ele, Mané, aquele menino enfezadinho, aquele moço calado, aquele bebum de conversa destampada... ninguém não sabe direito, por isso tem de contar no mais certo que se pode, o nome da égua.

Porque a Beija-Fulô — e não a Dasdor, como disseram depois — foi o verdadeiro amor daquele homem, tou certo. Não sei se dá para compreender, hoje, que só carro é que vale. Mas, naquele tempo, ter um cavalo... pense bem, o sujeito, e um sujeito que nem Mané, Mané Fulô falado, veja bem só, que nome, então um Mané Fulô qualquer, que andando por aí, apeado e transido se esfregando em batente de porta, mal falando... e um dia, sabe-se lá como, descobre que pode aparecer rompendo no povoado na hora da missa solene do domingo, chispando casco na ladeira diante da igreja, e vir se pôr de frente alta no futing do largo, ele, olhado, visto — pela primeira vez. Dá para imaginar?

Dali por diante, foi meio-centauro, até aquele fim, que é conhecido, o senhor decerto já sabe, mas foi assim, na nova identidade achada, o complemento, homem-cavalo, que começou a se destravar. A vir impávido para as reuniões da homarada, no botequim, cada vez mais falante. Se encontrava então um forasteiro, um ouvido emprestado, não parava mais. Foi assim com o moço-doutor, aquele alto e míope, de riso bondoso, que veio da capital e morou uns tempos por aqui. Parece que sempre querendo mesmo ouvir as estórias do sertão, sabe? Já falei, dizem que tinha um caderninho de capa de oleado... me esqueci do nome dele, mas foi importante nesta estória, de Mané Fulô, que estou querendo le contar.

Que é mesmo uma estória de transformação, de como-é-que-aquele sujeito... A gente se admira, depois. O que eu acho, também já vivi tanto, é que a gente, nós todos, é que nem desenho de menino num caderno, que primeiro nem sabe fazer, só uns traços, a lápis, borrão. Depois vai enchendo de cor, de linhas, de tanto rabisco, vai somando céu e estrela, mãe, pai, a vizinha do lado, chaminé de fábrica, carro, avião, foguete, polícia... Estou falando de menino de hoje, feito meu neto. Naquele tempo, o do sertão, o dos homens do sertão, era menos coisa, nem polícia não tinha — Laginha era quase uma terra de ninguém, assim largada, nem o Coronel Peixoto, aquele do casarão da praça, para impor respeito, com jagunçada, como se fazia antes. Sozinho e velho, os filhos doutores, na cidade, as filhas casadas. Por isso, nem mais que por isso, Mané Fulô se agarrava com aquelas manias de contar prosa, de se dizer "sangue de Peixoto" — que antes, no tempo do Coronel moço e prosa, era sangue de se temer... Manezinho dos Véiga insistia. Gastava muita conversa na venda. Dizem que tinha mesmo mania de ficar contando do que sabia, dos valentes do sertão brabo, de outrora — do Bejo e do Miguilim, do Adejalma. Do Zé Boi, tão valente, mil brigas, que tinha caído de um barranco e quebrado o pescoço, e, veja, o próprio Miguilim, que era o pior deles, não foi depois morrer gemendo entortado de artrite na cama?

É como lhe digo, cada qual cumprindo seu desenho na vida. E o do Mané Fulô, que afinal tinha de cumprir o seu — que as coisas, quando têm de acontecer, já vêm escritas, tudo no miudinho dos dias da gente, tal qual. O senhor não acha? E todos nós somos iguais — que temos todos, embutido, um outro personagem dentro de nós, de nossa mesmice, paresque. E aquela figura enfezada e meio ridícula, metro e sessenta, se tanto, do Manezinho, nascido encorujado, meio bobo-de-fazenda... e tinha de existir uma Beija-Fulô — ou Maria Dasdor, quem sabe, mas desta pouco se falou, pra dizer a verdade, não sei se é estranho, mas a besta, aquela Beija-Fulô ou o que sei lá, a besta é que foi a peça importante — se não fosse ela...

Porque foi com ela que o Toniquinho das Pedras, às vezes também chamado de Toniquinho das Águas, se engraçou — com a besta, a eguinha. Foi, sim. Aquele Toniquinho benzedor, meio feiticeiro, diziam. Que era, veja só, o maior inimigo do moço-doutor, que vinha lá da capital com remédios e receitas tirar sua freguesia. Toniquinho das Pedras-Águas, que não fazia receita no papel, mesmo porque não sabia escrever, mas benzia, tratava de tudo, aconselhava que ninguém devia tomar remédio de botica, só o "cordial" que ele mesmo preparava cobrando muito baratinho. E olhava feio, de arrevesado, para aquela amizade de botequim que Mané Fulô ia pegando, meio visguento, com o doutorzinho — o único que dava aquela trela toda pra ele.

Pois tem isso — quer que lhe diga? Esta estória que o senhor sabe, que corre por aí, mil vertentes, cada um que acrescenta o de seu, o como acha que de verdade aconteceu... que foi um dia que ficou, em Laginha, o dia em que o Mané Fulô... o senhor sabe. Mas, por mim, tem vez que penso: será que o Toniquinho, quem sabe não estivesse de compadrio com o tal do Targino. Não tivesse mesmo chamado o Targino, quem sabe, pra meio que resolver o seu negócio da besta chamada Beija-Fulô... podia ser, não podia? Pois olhe... e a gente falando até parece que esclarece mais as ideias, não acha? Que vai descobrindo pouco-que-pouco o que vem sempre escondido nas dobras de todas as estórias, que nunca são aquilo que dizem que são, que as pessoas contam... Bem que dizem que quem conta um conto acrescenta um ponto. Ha! ha!

Mas não vou acrescentar, não tenho tenção. Só meu pensamento dessa estória, tenho direito, não tenho? Porque tem coisa... le falei, por exemplo, que só o doutorzinho dava trela pra Mané Fulô, no botequim... mas pense bem — se as pessoas, no depois do acontecido, sabiam contar tão bem o que Mané falava, assim, nos pormenores da fala, bem, é porque se não davam trela, davam ouvido, pelo menos. E nessas coisas, de ouvidas, diversas se grudavam já naquela altura na figura mirrada sem jeito do Manezinho lá de trás, do começo da vida... eu não lhe disse, a gente vai se formando é que nem desenho do meu neto, primeiro só tem rabisco, depois tem nuvem, casa, trovoada e tiro, mulher... No caso bem concreto do Manezinho, teve a besta, a mulinha bem-amada.

E o tal do "sangue de Peixoto", sim, eu acho — uma reserva de paixão? Ele já ia fervendo meio disparado, paresque, na fala, na vontade, pelo menos, do Fulô, que não era *branquelo nem perrengue como esses Véigas...* dizia assim, dizia mais, *sou mesmo é Peixoto, raça de gente brava...* e que não viessem mexer com ele porque não levava desfeita pra casa, e que pra desaforo grosso a sua Beija-Fulô não dava condução.

Dizia. E às vezes até dizia muito, arrenegando, que só queria três coisas na vida, que eram uma sela mexicana para arrear a Beija-Fulô bem merecida e pimpante, no dia de domingo... — e essa sela, sabe quem tinha? Pois veja como as coisas se amarram. Como se armaram. Era o Toniquinho que tinha a sela linda e virgem de uso, pra que queria se não tinha a égua do seu desejo?... Coisas assim. Também, dos outros desejos, mais dois, de Fulô: ser boticário ou chefe-de-trem-de-ferro, fardado de boné, que ele dizia... nada feito, como podia? O homem nem sabia ler. E o que lhe sobrava, já iam vendo, era a raiva, só uma raiva, meio ridícula no começo, mas depois um ódio que ia crescendo nele — do Toniquinho. Ou da vida, se pode pensar.

A Maria Dasdor? O senhor sabe como dizem, que alguém entrou na estória como Pilatos no Credo? Foi assim. Eu acho. Pretexto, talvez fosse, para a intervenção do Targino? Como disse, nunca se sabe ao certo, no fundo das coisas. Mas siga o meu raciocínio, acha que se houvesse compadrio, conluio mesmo do Targino com o Toniquinho das Águas — como eu acho... acha que Targino, meu Deus! aquele valentão que vez em quando assombrava o sertão naquele tempo, sujeito feio como defunto vivo, magro de magreza de ruindade, gasturento como faca em nervo, revólver sempre pronto no dedo, então, sujeito assim, acha que ia se apresentar sem mais na porta do botequim naquela tarde, com tenção de tomar à força do Manezinho, meu Deus, uma mula? Égua que fosse, sei lá...

O que sim, de verdade, é que Manezinho noivara. No comum das coisas. Vai um dia, repimpado na Beija-Fulô, descendo a rua do Rosário, reparou numa mocinha bem-posta, de olhos gateados, na janela. Assim como quem espera marido. Ou noivo. Mané passou, voltou, repassou — essas coisas, normais, que assim se procederam. Tinha gente que nem acreditava, zombava. Mas a moça até ia pedindo dinheiro pra bordar o enxoval, costume de Laginha — moça solteira era desgraça certa, obra boa contribuir pro casamento. Nem que fosse com aquele meio-traste do Manezinho-da-Mula — como já ia sendo chamado.

Agora, o que eu acho que foi cena de não se perder mesmo, de estapafúrdia, portentosa — deve ter sido aquele momento, do Targino, o Targinão, o brederodes, o diabo do sertão, se apresentando na porta do tal boteco, enquadrado, botando a voz no diapasão certo, largando: *Mané Fulô, tenho um particular, com licença de seu doutor...* Porque foi então que de fato a estória começou. Veja bem, o que dizem... verdade que com essas estórias de antigamente, com tanta coisa de contada e passada, nunca se sabe se foram ao certo assim, já lhe disse, se quem contou... Ou se foi arrumada. Bem arrumada, pelo menos — pois assim me disseram, que o Targino, Targinão magrelo e feio, apareceu na porta do boteco mesmo no instante em que Mané tava é se gabando pro moço-doutor, coisa que assim meio conversa de bêbado, que queria acertar um tiro bem no meio da fuça do Toniquinho, *morre no meu pinguelo, seis tiros, se fizer algum caborje pra riba da minha neguinha Beija-Fulô...* E porque era sangue de Peixoto, e coisa e tal...

E como lhe digo — naquele momento, mesmo, o Targino ensombrando a quadratura da porta do botequim, o vozeirão encavado, *Mané Fulô, um particular... não é demais?*

E aí, no instante, cadê o mané-valente de instante-antes, hein? Nada. Nadinha. Diz sim que derreado, escorregado pra beira da cadeira, paresque querendo se levantar, num respeito até?... meio curvado em mesura, desorganizado, foi cantando, mão estendida até, *boa-noite seu Targino, com'passou?*

Targino foi direto às falas. Peremptório e horrível: *Escuta, Mané Fulô, a coisa é que eu gostei da Dasdor, e venho visitar sua noiva, amanhã, já mandei recado avisando ela...* E que ele ficasse quieto, era coisa de um dia só, capricho, que depois eles até podiam casar que nem se importava. Mas se não...

E Targino ria um riso soturno, gélido, como de um carrasco manchu. Depois, sem mais cortesias, virou-se e foi-se. O que ficou foi uma confusão, de destape, de todo mundo falando ao mesmo tempo, magotes de gente reunida na esquina, *coitado do Manezinho, coitada dessa moça...* Diz que o moço-doutor saiu amparando Mané, que chacoalhava de medo. Que foi levando ele pra sua casa, já insuflando uma coragem que ele sozinho que nunca que ia de ter, mesmo. Que foi falando palavra gorda, dessas muitas, coisa de *amor, honra, herói, obrigação,* que sei lá — palavras de doutor. Diz que, sei lá, chegou a falar assim por que Mané não ia pedir proteção pro Coronel Peixoto, mesmo... pois não era sangue de Peixoto?

Mané desconversou, disse que não amarrava cavalo com ele... égua, mula, no seu caso?

Quem ouviu atrás da porta da casa do seu doutô — e que teve gente ouvindo, teve — diz que aí o moço da capital entrou rijo na estória. Na invenção, que essa é danada de boa com gente de instrução, dizem. Diz que o moço foi falando, daquele jeito manso, manso, com o Mané, botando ele pra dormir feito menino, *não se preocupe não, mano, vamos inventar um meio de enganar o Targino...* Que Mané, caindo de sono de bêbado, ainda ia teimando no desespero, *qual, seu doutô, adianta não, Targino é bicho danado de ruim...*

Aí que acordaram todos naquele dia que ia marcar história em Laginha. O doutor levantou cedinho, disse que ia tomar providências. Foi. Diz que foi falar com um coronel, não o Nhô Peixoto, não, que esse não comandava mais a reza, velho e cansado, mas tinha um outro coronel, ou meio-coronel, chamado Melguério. Só que o chamavam de berda-Merguério... Ouviu, fez que nem era com ele, não tinha gente pra pegar o Targino à unha.... *ninguém não tem sopro pra esse homem...*

Foi ao Vigário, o doutor, pediu. O reverendo olhou para cima, com jeito de virgem nua rojada à arena. Prometeu rezar.

Então o doutor, desanimado, temendo já pela própria pele, voltou para casa, verrumando as ideias para ver se surgia alguma. Mané Fulô não tivera coragem de pôr a cara para fora. Os Véiga, sabe-se lá como, haviam acorrido, solidários — mas adiantava, gente tão perrengue? Um Véiga mais velho, barbaçudo, chamou o doutor para o canto. Que aconselhasse o Manezinho a não fazer nenhuma besteira, entregasse o caso a Deus, não se metesse... E a moça era boa, *a gente esquece, faz de conta que não aconteceu nada, é que nem casamento com viúva...*

Maria Dasdor adoecera de tanto pavor, sozinha com a mãe, chamando pelo noivo... Targino ainda não aparecera — tivesse desistido, quem sabe? O dia avançava, na expectativa. Até que aconteceu: aquilo que ninguém esperava. Que o pedreiro que respondia pelo nome de Tonico das Pedras, ou Tonico das Águas, aquele que tinha fama de feiticeiro... e tinha também uma sela mexicana encostada por falta de animal, e cobiçava a Beija-Fulô, o grande amor do Manezinho Fulô... O senhor está vendo como são as coisas?... Bem, o próprio, o Toniquinho, apareceu de repente lá na casa do doutor, pedindo pra falar com o noivo desonrado. E se trancaram no quarto que dava para a sala, num escuro de conversa enrolada que ninguém, por mais que se esforçasse, conseguia ouvir direito. Só uns entortes de entonação, um ir-e-vir feito marulho de água, dava pra entender que o Tonico insistia, veemente, o Mané negava, gago, relutante.

Mas de repente a porta do quarto se abriu e surgiu o Tonico, muito cínico e sacerdotal, pedindo que lhe trouxessem agulha e linha, um prato fundo, cachaça e uma lata com brasas. Aí Mané Fulô apareceu também, mais amarelo do que nunca, amassado, sofrido. E foi dizendo assim: que era pra entregarem a Beija-Fulô pro seu Toniquinho, que ela agora era dele.

A veigarada caiu no choro — aquilo era um testamento, um último pedido de quase-defunto. Mas os dois donos da besta voltaram a se trancar no quarto, com os aviamentos, ficaram lá bem uns vinte minutos.

Enquanto isso, a hora suprema do encontro se aproximava. A tensão no ar era coisa como de tempestade iminente. A cidade se engolfava em murmúrio, já vinham pressentidos os passos fatais, bicho-papão que vinha vindo, implacável, seu Targino — cochichavam — já tinha saído de sua casa dependurada no morro. Vinha que vinha, mesmo, buscar Maria Dasdor. *Fechem as portas e as janelas, que ele aí vem, vai passar mesmo por aqui, na frente da casa!...*

Nisso, abriu-se de novo a porta do quarto, Mané Fulô veio primeiro, teso, meio sonâmbulo, parecia. Diz que tinha um brilho esquisito no olhar. Seu Toniquinho das Pedras vinha depois, perguntando já — que coisa! — pela Beija-Fulô. Mané passou sem ver ninguém pelas mulheres que rezavam, pelos irmãos. Um deles até interpelou o Tonico, *o que o senhor foi fazer com meu irmão?* E Tonico, no retruque: *Fechei o corpo dele. Não careçam de ter medo, que para arma de fogo eu garanto.*

E assim foi que Manezinho naquele dia saiu para enfrentar o maior bandido da região, desprovido de garrucha, só com uma faquinha quicé quase canivete... O outro, armadão e terrível, vinha lento, com caminhada de dono da rua e do mundo. E decerto se espantou quando deparou, do outro lado da rua deserta, com a figura ridícula do noivo da Dasdor. Do ex-dono da Beija-Fulô. A dez metros do inimigo Mané parou — enquanto por trás das persianas todos olhavam, não acreditando... e rompeu num palavrão tamanho, que envolvia a mãe do valentão.

Targino puxou o revólver, pronto, enquanto os insultos se cruzavam no ar, *piolho, sujeito idiota, cachorro...* Por cima de tudo — se ouviu! — um grito de voz diferente, engrossada, que saía da garganta do Manuel dos Véiga, incrível, do Manezinho?... *Atira, diabo, que eu estou fechado e a tua hora já chegou!*

E cresceu, grandioso, para cima do inimigo. As balas do Targino ecoaram cinco vezes, rua afora — por trás das persianas todos se abaixaram, rastejando, querendo sumir chão a dentro. O choro das mulheres era mais um uivo de animal ferido, na reza pela alma do Mané Fulô. Quando se fez um silêncio, foram todos arriscando um olhar, pelas frestas — e lá estava Targino, fixo como um manequim. E Mané Fulô dando cabo dele, o esfaqueando bem na altura do peito. Targino foi se vergando, conhecendo o chão, lambuzado na poeira — desviveu, num átimo, parece que num espanto. Foi o que disseram.

E o que viram, num espanto maior, todos os que das casas, das ruas laterais, do largo, acorriam para a cena do encontro — que, crescido, de corpo pela primeira vez endireitado, como quem toma posse enfim da vida, aquele mesmo Mané dos Véiga, dito Mané Fulô, até Mané da Mula, o Manezinho, aquele encorujado de nascença, se virava, distanciado do corpo inerte do Targino, mudava seu rumo, possuído de uma energia nova, impava, atrevido, galgando no passo decidido e ritmado o ladeirão que ia dar no Largo da Matriz. Como quem fosse se desincumbir de tarefa maior.

No que, chegado ao largo, foi avançando muito firme, pelo meio da aleia central do jardim. Primeiro, como quem fosse à igreja — achavam? Mas depois, no último lance, se desviando e encarando, desafiador, aquela casa grande, oito janelas fechadas dando para o pátio da igreja, oito janelas escancaradas para o largo, vistosa, reluzindo nos caixilhos verdes, na lisura do reboque retocado todo ano. A casa do Coronel Peixoto.

E ali chegado, já não mais o transido menino a quem atiravam uma moeda para que aparasse no ar — se quisesse. Não, nem o mocinho tímido, o rapaz enfurnado e tristonho, nada, nem o bebum choramingas e covarde, nada. Mas, sim, o homem. O homem recém-nascido do cadáver do valentão Targino que lá embaixo na rua poeirenta se descompunha. E esse homem avançava pela porta da frente, sempre escancarada — como se o esperasse, seria? —, e com um pontapé violentava a porta intermediária, do corredor, a que dava para a sala onde, entrevado, na cadeira de rodas, aquele que fora o temível Nhô Peixoto que ninguém em outras eras ousava contrariar, vegetava, desvalido.

E que então — de todo o ódio acumulado naqueles anos todos de Mané, bastardo, miserável e sem direitos, a faca, quase um canivete, que trazia hirta na mão e ainda ensanguentada, se escapou, atirada. E numa trajetória afiada foi atingir, certeira, a jugular do seu único, irremediável, implacável inimigo.

O sangue jorrou, de um vermelho vivo e pungente, uma sangueira sem limite, escorrendo pela roupa, pela cadeira, pela parede e pela casa do Coronel, pelo largo e pelo povoado. Ensanguentando até mesmo esta estória — sangue de Peixoto, sem contestação.

A GRANDE CERIMÔNIA
DO CINEMA

Início, filme antigo, daqueles projetados em casa com projetor barulhento, filmes em pedaços, alugados por meu tio Antonio, o maior encantamento. A grande cerimônia do cinema. Em casa. Para as mulheres — minha avó, minha tia Emília, eu, minha mãe, as mulheres reclusas, as Genovevas de Brabante sepultadas vivas. E tenho de explicar quem foi aquela Genoveva que eu achava tão engraçada, de nome parecido com barbante — e que não tinha graça nenhuma. História de um tempo medieval, de castelos, maridos barbudos e cruéis, mulheres assassinadas. Genoveva era castelã solitária, jovem e linda, o marido fora para as Cruzadas e o cunhado, irmão dele, a assediava (embora o termo não houvesse sido ainda registrado). Não conseguindo nada com a jovem de virtude inexpugnável e que ainda por cima estava grávida, o cunhado barbudão a joga em uma masmorra úmida — da qual ela escapa, a sepultada-viva, ajudada não sei por quem, parece que o carcereiro, para ir parir na selva o filho, sozinha, e criá-lo entre as feras, que eram melhores do que os humanos, dizia a história. Até que um dia, muitos anos depois, em uma caçada, o marido — que voltara ileso das Cruzadas — a encontra, e ao filho, e retoma-os sob a sua proteção. Parece que o irmão dele foi castigado, não se tem certeza. Também não se sabe se as feras que não comeram mãe e filho foram recompensadas.

Meu tio Antonio era o dono da mágica. A gente se acomodava na sala. Eu no meu banquinho, casaquinho de flanela estampada sobre o vestidinho, aguçado prazer. Coisa tão importante, filme de cinema, em casa. Estendiam um lençol na parede. Depois vinha o ranger do projetor, nhen-nhen, e a fita — se dizia assim, *fita* — que vinha chegando, se anunciando, primeiro marcas de enquadramento, números de rolos, o primeiro quadro, que era sempre o título do filme, custava a chegar, parido entre aqueles estertores cinematográficos. Começava. Filmes mudos, todo mundo andando depressa, era muito engraçado, aquelas mulheres de chapéu dentro de casa, aqueles homens também de chapéu, colete, gravata e paletó. Ou então que fumavam fumavam fumavam tudo depressa soltando pesados rolos de fumaça. Pareciam estar sempre furiosos. Ou então, cena: homem entrando em casa, tirando o chapéu, atirando-o sobre um móvel, e fumando, fumando, fumando, olhando com indignação a mulher, nervosa, toda gritinhos e tremeliques — o que teria feito?

Parecia surpresa, com medo, havia uma cena mesmo em que ela suplicava de mãos juntas, depois se ajoelhava e o homem (sempre de chapéu) a ameaçava... Depois atirava?
Então, vai ver que não era uma comédia.
Nunca se entendia, mas também não era para entender. Mesmo porque não se conseguia ver filme algum inteiro, eram sempre velhíssimos celuloides despedaçados, às vezes as sequências coladas fora de ordem, e a plateia gostando muito mesmo assim, o que interessava era apenas aquilo, as figuras que se mexiam, mas de repente, a cada dois ou três minutos, o filme parava, se soltava, o projetor ficava rodando bobo, a fita acabada, interrompida, tinha acabado o rolo, onde diabos estaria o número dois? Parece que nunca se achou o número dois de coisa alguma. Com muita sorte achavam um número qualquer, recomeçava a projeção, apaguem a luz, novo deleitamento. Efêmero — essa não é a continuação, para. Paravam. Meu tio Roberto vinha participar, eram grandes discussões entre os homens sobre a continuidade dos filmes, ou da vida. Eu perguntava *e o desenho animado?* me respondiam sempre que já tinha acabado, que era aquele pouquinho mesmo, também todo interrompido. Então tudo que eu queria era que aquilo recomeçasse, os personagens na tela, a vida toda depressinha, os gestos, o olhar terrível do vilão, a arma assassina, ou a comédia, o Gordo e o Magro, Carlitos.

Acho que era arte em si. Era isso. É isto: meus fragmentos cinematográficos de hoje, estes inícios sem fim — e para que fim, para que um sequenciamento lógico? A escritora de hoje, ou pelo menos desta manhã de neblina, vai jogando pedacinhos de personagens e de histórias — pelas suas memórias.

Literatura é também isto: é estímulo só, talvez o melhor conto seja o que não existe, o conto literalmente "inventado", porque só existe um começo, benfeito, carregado de atmosfera. O resto é para o leitor completar como quiser; afinal, ele também terá dentro de si manhãs de neblina, memórias de broas de fubá, o cheiro de café da manhã, tios excêntricos — enfim, uma infância.

LEDA LEDO ENGANO

Era uma vez.
Eram duas vezes.
Porque essa coisa de uma vez não existe. Todos nós, que temos nossas vivências, já sabemos que as coisas do mundo sempre têm um ir e vir, umas duas faces, enleios e retornos, um dia é da caça etc. e o que aqui se faz aqui se paga, coisas assim.

Esta é a história de Leda, a doce Leda que amigas maldosas apelidaram de Ledinha Ledo Engano — porque vivia meio gordinha, meio feliz, com o marido bonitão, René, extrovertido, divertido, garanhão, que a enganava. Ela se deixava docemente enganar, e continuava — dizia — a ser uma mulher feliz, sem problemas, casa bela e farta e apartamento

na praia, dois carros, dois filhos adolescentes, duas empregadas, gozando dessa felicidade assim toda dupla e dourada.
Até que um dia.

Não era nem ao menos um dia extraordinário, aquele. Mera quarta-feira, que é o dia mais com cara de todo-dia da semana, mais sem acontecimentos. Mais com cara de mata-borrão, de refogado de chuchu. Um dia sem urgência alguma, a quarta-feira, porque é só a véspera da quinta, e a quinta — que já tem aspirações a quase-fim-de-semana — ainda é, em si, meio chocha, sem grandes expectativas. Então, nessa quarta-feira em que as coisas deveriam andar como sempre, de repente não andaram — desandaram. Desandaram bem na hora do jantar, que era assim processado, quase um ritual, na casa: marido e mulher faziam questão de jantar com os filhos, no máximo às oito horas, e ainda jantavam bem, com copeira servindo, comida mais leve do que o almoço, mas comida — e não essas frescuras de lanche, de improvisos, de não comer carboidratos à noite, nada disso. Leda e René, cada qual no seu lugar à mesa, o filho, a filha, alguma música leve, comentários sobre o dia. Podia até passar por uma família feliz. René, às vezes, atrasava, chegava mais lá pelas nove horas, mas todos esperavam, ele se desculpava, coisas da empresa, negócio de última hora, já se sabe. Leda, Ledinha Ledo Engano, bem que reparava — a cara larga de René, bonita, satisfeita. Nos cabelos, às vezes pontas molhadas ainda — de chuveirada recente.
Havia outros indícios que René nem se preocupava mais em esconder, urgências súbitas de negócios, recados "não me

esperem, vou chegar muito tarde, estou retido aqui no escritório". Houve mesmo um fim de semana... enfim, quem não viu, não conhece as manhas de marido infiel? Marido bonitão, regalado, continuando sua vida como se fosse solteiro, mas sem deixar faltar nada à família, vivendo todos no luxo e no engano. E a mulher... bem, a mulher. (A história é tão banal que se poderia parar por aqui. Se não fosse, bem, se não fosse aquela quarta-feira. Que era exatamente a segunda, de um mês de setembro.)

Quem não chegou na hora certa foi Ledinha Ledo Engano. Por coincidência em dia que René chegara cedo, pelas sete horas, estranhando a ausência da mulher, mas achando que seria coisa de shopping, compras. René tomou uma chuveirada ortodoxa, ensaboando todos os seus pecados. Não há registro histórico de que tenha cantado no banheiro. Diante do espelho esfregou o corpo sarado de quarentão, apalpou desgostado uns vestígios renitentes de olheiras. Deu um suspiro. Voltando ao quarto resolveu descansar um pouco nos lençóis convidativos, de cetim lilás. Pestanejou logo. Para acordar estremunhado, vinte minutos mais tarde, no quarto penumbrento — vazio de Ledinha, notou. Onde estaria? Dez para as oito. Cinema com alguma amiga, vai ver a Cinira, aquela faladeira, pensou. Irritado. Na sala de jantar, Raul e Sandra estranhavam a ausência da mãe. A copeira não sabia explicar, disse coisas vagas, vai ver o trânsito, não, ela não disse aonde ia, não sei. Mas ela não telefonou, perguntou René, saindo do quarto. Não senhor.

Criara-se algo novo naquela rotina de família feliz — uma cara torta de pergunta elevando-se no ar. Que logo mais frutificaria em ramificações de preocupação, muita irritação, que coisa é essa, ela nunca... etc. Os meninos resolveram voltar para a tevê do living, a copeira sumiu na cozinha, René coçou a cabeça. Dez minutos mais tarde, a copeira enfiou a cabeça pela porta da sala, devo servir? Não. Vamos esperar Dona Leda, deve ter sido o trânsito, ela saiu de carro, não saiu? Saíra — conferiu o zelador, no interfone.

René passou para o living, olhou enjoado para a telinha, abriu o jornal e mergulhou. Estou com fome, pai, disse Raul. Eu também, filho. Consultou o relógio, oito e quarenta — mas, afinal, o que aconteceu? A cara torta e zombeteira da pergunta foi se transformando em careta azeda, em perplexidade, desconcerto — o vazio no estômago que acontece na hora da tragédia. Vou ligar para a casa da Vovó, disse Sandra, não, não sabiam, o que aconteceu? Família toda, tios, avós, até para a casa da Cinira, da Valéria, para o cabeleireiro do shopping que ficava aberto até as dez — já eram nove e meia.

Polícia? — alguém pensou alto.

Não, que é isso, não é o caso, que exagero etc. Olhe, Rosileide — era o nome da copeira —, já são dez horas, pode servir o jantar, não adianta nada os meninos ficarem com fome, vamos ter calma. René olhou para o prato servido de picadinho de carne, purê de maçã e arroz à grega, viu a dimensão da sua súbita falta de apetite. Os meninos começavam a comer quando tocou a campainha da porta e todos se entreolharam — eram os pais de Leda, aflitos. O telefone tocou. Era a Cinira perguntando se Leda voltara. Depois foi a vez de chegar Aurora, a irmã de René, com o marido — enquanto o jantar precário se equilibrando no hábito continuava, alguns se chegaram à mesa, formando grupo.

Coro de tragédia grega?

Às onze horas, pontual como um capricho do Destino, ouviram a chave se remexendo na fechadura — Leda Ledinha Ledo Engano fazia sua entrada (que planejara triunfal, *gran finale* de ópera), mas que era só desconcertante: tornara-se em algumas horas uma mulher alta e magra, de cabeça erguida e olhar desafiador. Uma mulher que brandia, decidida, um pequeno objeto brilhante, contundente, na mão direita...

(Não, não era uma faca. Não, nem revólver, arma alguma, não.)

... mulher meio bêbada, dava para se ver, que avançou sem muito titubear até o meio da sala de jantar, passou os olhos pelo grupo de coristas perplexos, foi até seu lugar na extremidade da mesa — o prato continuava esperando por ela —, antes de sentar encarou bem fixo René, na outra ponta da mesa, parado, de garfo no ar. Leda estendeu o braço direito, colocou no centro da mesa um objeto luzidio, prateado, sua arma: um cinzeiro barato, com vestígios de cinzas sob os quais podia ser lida (em alto e bom som) a inscrição em caracteres dourados: MOTEL PARADISO.

Se isso fosse um conto, poderia terminar por aí — anedótico e operístico. Ou então com um final grotesco, de mau gosto — o marido traído sacando do bolso (que bolso? não havia trocado de roupa depois do banho? haveria bolso suficiente para arma — e que arma etc.? — na camiseta Lacoste, na calça do agasalho?) e abatendo a tiros (sim, teria de ser revólver, a arma, porque, sem estampido, o grotesco fica viúvo e chocho), abatendo a desgraçada, que cairia de borco sobre o prato do picadinho diante da plateia estarrecida, naquela noite de uma quarta-feira tão igual às outras.

Etc.

Mas isso não é um conto. É uma história verdadeira. Que prosseguiu, e durante muito tempo, em um enredado de circunstâncias que de engraçado mesmo não tiveram nada.

(FINAL DO PRIMEIRO TEMPO)

A cena da véspera, com coristas e copeira, e até cozinheira que tinha vindo espiar, desmanchara-se em embaraço e discrição, mediada pela cunhada, Aurora, que pegou levemente no braço da protagonista, conduzindo-a ao quarto e ajudando-a a se deitar. René, que ficara rubro, partindo para ameaçador na hora do cinzeiro, foi detido pelos que é isso dos homens, enquanto os adolescentes se refugiavam nos seus quartos. Quando todos foram embora, René arremessou-se ao quarto com ânsias de explicação. Mas Leda dormia pesado, e ele resolveu apanhar uma coberta e aninhar-se no sofá da sala como fazem os maridos dos filmes norte-americanos. Marinando sua raiva para o dia seguinte.

Mas a quinta-feira amanheceu armada em tempestade meteorológica, feia, rugindo no acordado da manhã. O que poderia ser até fundo sonoro apropriado para o desencadear de fúria reprimida — de algum casal. (Recurso que seria certamente usado por escritor incipiente, ou diretor cênico.) No caso concreto o efeito foi o contrário, por causa de um cidadão nipônico que de repente entrou nesta história, não anunciado, o desgraçado.

Expliquemos: é que na hora em que a família (menos Ledinha, que continuava no quarto) tomava café da manhã, cada qual mais apressado que o outro, a tempestade atingia o máximo. Um raio caído ali pertinho, em árvore que enfeitava a esquina, interrompeu subitamente a energia do prédio. Só que René tinha que sair a todo custo, porque marcara encontro bem matutino — oito horas — com o senhor Takeo Kamayashi, nada menos do que o CEO de uma multinacional — e essa gente, já se sabe, não deixa de comparecer pontualmente chovam raios e trovões, e o homem só passaria 24 horas em São Paulo e....

Não, você não vai sair assim, absolutamente, mas o que é isso, quer morrer, e como é que vai descer dez andares, é muito perigoso pode cair alguma árvore e os raios... René parou de repente estatelado — no meio da sala. *Ninguém tinha dito isso.* Leda não estava ali, continuava no quarto? Essa teria sido, até a véspera, a expressão da solicitude de Ledinha por ele, como fora durante dezesseis anos, imutável, segura. E agora essas coisas terríveis acontecendo — e a presença implacável daquele cidadão superimportante e nipônico ao fundo, esperando por ele entre raios e trovões...

De repente, René se sentiu órfão. Toda a ruminação ressentida na véspera pela mulher, sua humilhação, se transformava em garra — gelada — que ia se enfiando, lenta e terrível, por dentro dele. (Coitado, que nem sabia ainda o que o esperava.)

Não aguentou mais — que se danasse o nipônico, o importante era Leda. A explicação necessária, saber o que tinha acontecido. Entrou decidido no quarto de dormir.

Ninguém sabe com exatidão o que se passou entre o casal. Se René obteve a tal da explicação. Se Ledinha mentiu, ou se disse a verdade — e mesmo essa "verdade", pequenina e circunstancial, qual fosse nunca se soube. Ficou transformada em mistério para o imenso apetite da família desdobrado, pois evidente que houve, pelos séculos afora em que todos ainda viveram, ruminações do que tinha — ou não tinha — acontecido com Leda no motel naquela noite (e na vida, em geral). Uns diziam que sim: que ela realmente tinha um amante secreto; ou que pelo menos fora realmente ao MOTEL PARADISO naquela noite da pré-tempestade, parece até (maldavam) que fora alguém conhecido ao acaso, na rua, súbita fúria explodida como a de criança rebelde contra o charmosão e infiel René. Outros diziam que não: que ela, tão submissa sempre, tão fiel e zelosa da família... que nada! Que tudo não passava de bazófia, para se exibir perante o mesmo charmosão e infiel mencionado. Afinal, um cinzeiro de motel barato não é difícil de se obter. Não prova nada.

De certo mesmo, a família só ficou sabendo os indícios, os vislumbres que conseguimos ter, todos nós, das pessoas. Por mais próximas que estejam. Uns fiapos de acontecimento, umas suposições. Os pequeninos mourões, marcos exteriores de nós e dos outros, onde amarramos nossa (precária) experiência humana.

No caso de Leda, diga-se logo que o que se soube, o que se ouviu dizer foi que, a partir daquele exato momento ela — dizem — nunca mais falara. E que se manteve anos a fio presa no seu quarto a maior parte do tempo, movimentando-se apenas pelo apartamento, sem participar da família. Era como se naquela quarta-feira, entre cinzeiros baratos, tempestades, picadinhos, cunhadas e copeiras curiosas, algo houvesse se rompido de vez dentro dela. Sem qualquer consideração por marido, por filhos, mesmo.

Bem — tratamento? Sim, é claro, uns mil. Mil e um até. Tentaram de tudo. O que dizem é que, depois de tantas pílulas da felicidade que os magos da consciência lhe impingiram goela a dentro, seu estado acabou piorando — enfim: aos poucos todos se acostumaram com Leda, Ledinha que parecia atestar, com sua mudez, que não era mais Leda Ledo Engano. Era uma sombra familiar, uma mulher bonita, bem-vestida e arrumada — eu já disse que se cuidava? Sim, levantava todos os dias, se vestia, ia presidir o café da manhã da família. Presidir é o certo — aliás, presidia todas as refeições, sentava-se ereta, impassível, muda, à cabeceira. Nem ao menos pedia para lhe passarem a manteiga, como fez aquele outro mudo célebre, Baudelaire — era como se a cada dia ela desse a René (sim, ele continuava a dormir a seu lado) a esperança de uma Ledinha antiga, gordinha, feliz, solícita, que não existia mais.

Passaram-se assim dez anos.

Até que um dia.

(FINAL DO SEGUNDO TEMPO)

Esse dia foi um sábado. Por essa época os filhos já estavam na faculdade, Leda devia andar pelos 45 anos, René tinha dez anos mais. Fazia bom tempo, o início efusivo de mais uma primavera — pela janela aberta da sala de jantar vinha um estranho som de tamborim e escárnio, saudade de vizinhos de algum carnaval passado.

O café se desenrolava no comum das coisas, exceto pelo traje esportivo do pai e do filho, preparados para a corrida semanal. A filha, Sandra, estava de penhoar, meio languidescente. Leda presidia a mesa, como sempre, olhar ausente no corpo presente. Raul pediu ao pai que passasse a manteiga. René ergueu a manteigueira a meio, mas o objeto desejado de repente mergulhou, solto, despencando bem no meio da mesa num estouro do cristal, criando derrames de leite, café, cereais. A copeira — parece que dessa vez se chamava Rosenilda — enfiou a cabeça pela porta da cozinha, enquanto René, de braço súbito retraído, deslizava pela cadeira que tombava ao solo despejando, numa rejeição, o corpo pesado do patrão.

Era um derrame que atingia todo o lado direito de René.

No momento seguinte os estuporados Raul, Sandra, Rosenilda ouviram um grito agudo: era Leda que se precipitava sobre o corpo tombado do marido — sacudindo-o, chamando por ele em uma voz rouca, recuperada com esforço após dez anos de silêncio. Leda como que entrando em si por um momento (vinda de muito longe, se diria), tomando providências, que chamassem uma ambulância, um médico, os parentes, o que estavam esperando?

(EPÍLOGO)

As coisas como se passaram dali por diante não puderam ser descritas de maneira muito exata pela família, atingida assim de súbito por dois acontecimentos que rompiam o seu cotidiano de rotina — mas, sentiam todos, eram dois movimentos complementares e sincronizados, se diria, de forças opostas: o mergulho progressivo do marido nas sombras, a recuperação gradual da energia consciente da mulher, à procura da luz plena.

E assim foi, sucedeu. Leda, que foi aos poucos, enquanto o marido ainda estava no hospital, tirando a cabeça das névoas. (Aurora, aquela cunhada lá de trás, se estão lembrados, nunca tinha ficado muito convencida daquele silêncio decenal de Leda, dizia que ela era muito farsante, isso sim.) Parecia que Leda recuperava uma vontade de viver. A energia que se retirava do corpo retorcido e semiparalisado de René ia toda, todinha, para a mulher.

No seguir das coisas, René obteve alta do hospital — ou antes, foi entregue, mudo e lesado, aos cuidados da família. Sem esperança de recuperação. Não havia sido só um derrame localizado, diziam os médicos, mas a manifestação de uma doença degenerativa. Quinze dias mais tarde, quando o levaram para casa, Leda já recuperara o controle doméstico, dava ordens para a dieta do marido, procurava interpretar seus desejos — ele, mudo. Era a sua vez de ficar mudo. Às vezes, os filhos surpreendiam nele um olhar vivo, de ódio, para a mulher.

Três semanas mais tarde, Leda, recuperada, bem-vestida e bem-penteada, se assumira totalmente, telefonava para as amigas, para os pais — até para a cunhada Aurora. E movia o mobiliário, removendo René para uma confortável cama no quarto de hóspedes — contratava até enfermeiro permanente, que o assistisse. Na sua mudez.

No mês seguinte, Leda, Ledinha, esbelta, elegante, animada, já assumira o lugar do marido na empresa, saía diariamente para o trabalho, voltava tarde. Nunca deixou, porém, de ir dar uma olhada em René, antes de se recolher ao seu quarto.

Passaram-se mais dez anos. Os filhos saíram de casa, casaram, tiveram filhos e tudo. René morreu. Leda sobreviveu mais vinte e cinco anos e desligou-se da esfera terrestre perto dos 90 anos, nos braços de uma bisneta.

Dizem que, quando a família limpou o apartamento depois de vendido, no fundo de um gavetão atulhado de coisas, foi achado um objeto estranho, bem embrulhado — um cinzeiro barato prateado, descascado, com uma esmaecida inscrição dourada.

OLHO E SERPENTE

"A cidade é redundante: repete-se para fixar alguma coisa na mente. A memória é redundante: repete os símbolos para que a cidade comece a existir."

Ítalo Calvino

Porque hoje é sábado. É noite de sábado — e meu tempo, outro.

A ideia de que somos dois elementos, mais nada. Estamos reduzidos a isto — ela, eu. Uma rua e uma pessoa. Fluência, ela lá embaixo, barulhenta e destruidora. E eu, ponto convergente, um olho, neste vão de janela. Neste momento final — terei o quê? Minutos, horas, alguns anos? É tudo fim — só me resta descobrir o desenho. Se houve algum.

A rua insana que corre lá embaixo, estertorante — enorme serpente, vermelha, vermelho rio de lava acesa que escorre dos carros em fila lenta e buzinas escancaradas aos uivos na madrugada impune desta rua do prazer/rua da morte que gargalha todo o seu urbano horror na madrugada.

Eu sou um olho. Eis o que sou, me digo. Não sou mais nada. Se sou alguma coisa, sou um olho. Que olha por uma fresta da janela do sétimo andar a rua lá embaixo. Essa rua. Essa rua particular e insana. É o que me foi dado — meu destino. Vim, pelos trancos e barrancos, parar aqui. Parece que alguém, alguma vassoura, me varreu para este apartamento encaixado em um tempo inútil e que não é este — suas sancas, suas portas de vidro trabalhado, floreiras nas janelas, as cortinas rendadas com desenhos de pastoras e príncipes, do tempo da minha mãe. É toda a condensação de um imperativo urbano maldito que me veio tocando, até aqui — esta caixa do tempo, suspensa sete andares acima da rua degradada.

Piercing. Pérfuro-cortante o grito, que interrompe o sono dos assombrados moradores. O grito das putinhas histéricas, o grito dos laçadores vestidos de terno preto e gravata, até de sobretudo, na madrugada fria — caçando fregueses. O grito da briga, do bêbado, do debochado, o carro de som que passa apregoando um rap barato no mundo do vale-tudo.

Eu poderia ter salvo do patrimônio corroído alguma casinha no interior, alguma quitinete em frente à praia, mas não, tive de vir roendo tudo, tudinho — eu roí? me roeram? —, às vezes penso. Depois da quebra do banco, os credores, os primos. Os irmãos. Todos eles. Pelo menos não me tiraram o espaço; eu não abro mão deste espaço. As amigas estranham quando tão raramente vêm jogar, ah, que salão, e o piso em parquê, na sala de jantar os lambris — descascados, em reforma adiada sempre para um mês que vem que nunca vem. E o banheiro, ah, se admiram, ornatos art-déco em roxo batata no ladrilho branco, a banheira, a ferrugem só em alguns pontos, nem se vê, ah, você tem sorte de ter uma banheira, é melhor para relaxar, faz bem para a pele, não é como nesses banheirinhos de hoje... Faz bem para a pele — quem repara na minha pele?

AUGUSTA/angusta — é uma artéria comprimida, angustiada, da cidade. É uma cidade que não cabe mais em si, que explode em feiúra, em violência, em crime. Rua de muito sofrimento. De decadência. De degradação. Sujeira enorme, lixo amontoado nas esquinas, ratos e baratas, moscas, detritos e dejetos, e restos de seres humanos tombados nas portas dos estabelecimentos comerciais, dormindo — ou mortos? — ao sol do meio-dia, pessoas passando por cima deles sem se importarem. Em frente a um armazém estupidamente antigo que vende velas, cereais e patéticas latas de goiabada cascão, um pretinho de uns onze anos está emborcado, dormindo o sono da droga — ou do desvalimento. Na mão semiaberta que se entrega ainda num quase-pedido, alguém colocou uma barra de chocolate.

Na quitinete da praia com direito a pedaço de mar se a gente olhar bem enviesado, seria muito pior — para que quero mares?

Na casinha de interior com pequeno-jardim-florido... Não, não sou mulher de roseiras. Nasci urbana, metropolitana — aqui morrerei, vomitando desespero por esta janela de um sétimo andar.

(Este é um confronto. Me dizem vozes que não sei — que ainda consigo ouvir, varadas, por entre os uivos da noite.) Somos dois antagonistas, antigos. Ou eternos. Eu — a Rua. Quem vencerá a batalha? Quem arrastará quem? Estamos, sim, colocadas frente a frente, nesta batalha final que alguém deve ter tramado. Rangemos os dentes, afiamos as garras, eu a olho cá de cima — ela se desdobra, coleante, rubra, sacolejante, cínica, lá embaixo.

Rua Augusta às várias horas do dia — como os quadros dos impressionistas. Na manhã de inverno enevoada, as pessoas que emergem dos prédios, pessoas que vivem sozinhas, de meia-idade, velhos, parecem pacotes de roupas, autômatos deslizando sem ruído nem existência — fantasmas do medo, senhoras com seus casacões antiquados, senhores de boné buscando a padaria ou passeando com um amarelecido poodle branco de pelo velhacamente tosado em casa. Tudo tem um ar tão pobre, tão gasto, como se estas sombras de olhar parco e assustado tivessem passado além de toda a imensa, a contínua, a trituradora violência desta rua — passeio de ratos humanos, escasso, tímido, arrastado, fantasmas saídos dos escombros que restaram nesta rua de longes grandezas.

Agora de manhã ainda escura, manhã de inverno — um breve intervalo de silêncio, os inferninhos fechados, o néon apagado. Chego à janela, entreabro a persiana. É o momento em que vejo pelas esquinas uma outra cidade me espiando, a dos defuntos sobrados, dos pequenos portões trabalhados que rangiam tocando uma sineta morosa, do bonde que vinha arrastando sua preguiça nos trilhos, tlém-tlém, das grandes festas de família no casarão de minha avó — ali adiante, onde hoje só existe a ruptura da quadra do estacionamento.

Antes que a neblina, rara agora na cidade toda cimento e precisão — 24 horas de agressão, consciência contínua —, se dissolva, há um momento único de paz. Antes que o trânsito se faça mais pesado, que as velhas lojas levantem a porta de ferro de sua precária segurança, que o trânsito mercurial corra solto, implacável, nas artérias urbanas.

Meio-dia. Desemboca nos restaurantes a quilo a multidão de empregados, bancários, secretárias, recepcionistas, estudantes. O caudaloso rio se comprime pelas margens, os carros estacionados impedem a passagem, as pessoas se esgueiram, se esbarram, todo mundo tem pressa — o vozeirão da sirene da Gazeta empurra todo mundo para os abrigos da fome. Assaltos, atropelamentos, mortes banais. Você olha, a moça linda de calça jeans que atravessou a rua sem olhar está estendida no asfalto — tem direito a seus quinze minutos finais de exposição, a glória que foi seu corpo jaz ali, devassada pelo olhar canalha de office-boys atrasados. As pessoas passam, algumas viram a cara, entram na fila do restaurante.

Às 14 horas, os cinemas se abrem, senhoras em grupo entram no hall, se dividem entre a bilheteria, a livraria, vão comer quiche e tomar café enquanto aguardam o início da sessão. A sofisticação enorme da livraria, os títulos estrangeiros, os cartazes. Lá fora, o povo feio e encardido, de dentes rotos.

Outros tipos, presença contínua na rua — as putinhas, de manhã trans-sonadas, tomando café no bar, esqueléticas, mulatinhas de cabelo de arame vestidas sumariamente mesmo com o maior frio. Um preto retinto muito sujo, enrolado em cobertor, de vez em quando ele abre o cobertor como uma capa, parece um vampiro que vai atacar.

A confeitaria (fina) "Beijinho Doce" tenta conservar respeitabilidade e fregueses à custa de muito agrado e de seguranças reforçados. A porta do meu prédio — o porteiro, seu José, conversando com os tipos da rua. Os moradores do meu prédio — a começar por mim, esta senhora de outros tempos e outros modos. No primeiro andar moram alguns porteiros leões-de-chácara das duas "boates" aí da frente. (Um deles berraria para a fuga de Bach que ouço às onze da manhã do domingo, "cala a boca, desliga essa porcaria!")

... e se o cheiro de acácias mortas de repente te atingir, deixa que aconteça, não te esquives assustada, é a subjacência das camadas que se libertam com a momentânea suspensão do ruído, com a desistência temporária das pessoas, desta Rua Augusta. O cheiro das acácias (mortas) existe, existem as pessoas, as casas de outrora, os fantasmas, esta hora, precária, preciosa, a hora da manhã de domingo, e está ali, ao virar cúmplice da esquina do tempo, aquele portão que rangia na casa da minha avó nas noites de um precário encantamento, depois da reza e antes do sono, suspensos temporariamente os terrores do dia, naqueles anos 40, e aquele pé de jasmim-do-cabo enfeitando de perfumes a noite paulistana de verão. Ali estarão todos eles, os mortos me olhando, as famílias, uma cidade é um remoer eterno, uma alternância, esfumadas camadas, me digo — e isto é a riqueza urbana.

Só o esmagado, o destruído, assombra.

Só o esmagado, o destruído, o assassinado, o tempo assassinado — ASSOMBRA.

A RUA — é o lugar-comum, geográfico e literário, da condição humana — a síntese melhor do que é esta cidade — a megalópole dita desumana. Ou não: é esta absoluta condensação de humanidade, de vida, fluindo incontrolada dentro de uma artéria, com carga explosiva contínua, ferida enorme aberta, rua que ficou louca, tomou o freio nos dentes, rua que nos olha, de baixo para cima, covarde e nua, rua que olha para este ponto que sou, o observador do sétimo andar, e cospe sua repelência em mim.

(*E no entanto, verifico num espanto — eu a amo.*)

Eu estou aqui, atenta, interessada e exausta. É o absoluto silêncio estabelecido — são cinco horas da manhã — que me faz estranhar. Vou até a janela, verifico que as duas boates aí em frente foram fechadas, o luminoso apagado — só a perua do cachorro-quente persiste, foco amortecido de luz, sob a barraca vermelha. De olho espichado, alerta, vertical na calçada o homem pontua a madrugada. Ele lá embaixo, eu aqui. Ele prestes a encerrar seu trabalho, eu prestes a encetar o meu, contraponto/contrapeso somos, do novo ciclo.

A barulheira infernal, borbotão, veio me despertar do meu sono, perfurando vidraças e cobertas, e as camadas do cerebelo. É como um desespero, uma aflição, a gritaria do prazer lá embaixo, na Augusta — o grito na madrugada, como incomoda, é um estertor da condição humana ensebada de gozo barato — como devem feder a esperma esses antros. De manhã, na realidade crua das dez horas, uma faxineira usa baldes de pinho-sol nas escadas que descem para o salão entrevisto, de cadeiras empilhadas e espelhos de olhar baço. Nas calçadas, exércitos de camisinhas — como vermes pastosos. É preciso olhar para não escorregar. Na esquina da Dona Antonia de Queirós, a montanha permanente de sacos negros de lixo — estripados pelos cães que rondam, lambendo calçadas repulsivas.

Condição humana — a minha, nesta idade, e meu olho desperto, ainda, registrando a vida, deste sétimo andar de vigília insone.

... e eu, cinquenta anos mais tarde, ponto condensado que me arrebento, trago comigo estes seres, estes pedaços, estes cheiros sons ruídos, sonhos... E os sonhos, sim, que fizeram com os sonhos?

Meu sonho era a gravidez desta cidade — verifico espantada. Desta gente, destas ruas, deste pedaço de vida e de mundo, e de Tempo, que me foi dado viver. Repositório, sou. Fiel depositária, de tanta grandeza, e de tanta pequenez, e os miúdos fatos do "nada acontecer" que se sucediam velozes, tão velozes, eu que impaciente me dizia, no meu verdor, que nada acontecia — este ponto que consigo, por trás de todas essas camadas sim, detectar ainda, eles lá imobilizados, surpresos ficariam, ficaram, não ficaram? Ficaram, com a mocinha que foi embora, assombrada, assustada — e que agora voltou para sempre, para catar suas pedrinhas, armar seu cirquinho da memória, arejar velhos trapos e rendas francesas, sacudir o pó das lamparinas extintas — e contar, sim, contar, contá-los, contar-nos, paulistana sou, me pertenço. Ainda.

Ponto contingente. Somos um rio e um ponto — eu e a rua. O ponto que sou eu — um olho. O rio de lava acesa lá embaixo é o rio de Heráclito — eu sou o observador, meu destino esse, agora. Porque no final da vida, se não descobrirmos o desenho, morreremos desesperados. As circunstâncias que me trouxeram aqui — tenho poucos minutos, uma hora, alguns anos de vida, *no más*. Antagonistas eternos e desiguais. A rua tem vantagem. Ela não pensa, ela só é. Ou eu tenho vantagem — posso pensar e ser? Um ser em manifesta desintegração como eu? Pode ser alguma coisa como "a última luz da estrela moribunda" — posso permitir-me o clichê, a pieguice, neste final.

E descubro — não, não são dois elementos assim, a rua, o olho. Há um terceiro elemento. Descubro. Alguém que nos olha também — o ser do superolho, terrível, das caixinhas de fósforos marca Olho. Sorrateiro. À espreita. Que sempre esteve e está presente, e estará, depois que eu e tu, e todos nós, e a rua e a cidade, e tudo, tudo o mais, desaparecer.

NOITE DE ALMIRANTE

(Inspirado no conto do mesmo nome de Machado de Assis, in *Histórias sem data*, 1884)

As coisas que a vida faz. Ou desfaz. Mistérios. Os fios que vão, que vêm, tecendo, destecendo acontecimentos, seus floreios — no sol do cada-dia. No sol daquela tarde de 15 de março de 1874, que era um sol meio envergonhado, ora brilhando obrigatório, severo — eram duas horas da tarde de uma quarta-feira —, ora se escondendo, encabulado, por trás de nuvens pretas.

Para o marinheiro Deolindo Dias, de alcunha Venta-Grande, chovesse ou fizesse sol, aquele era — seria, antecipava — um dia especial. Enfeitado, na sua imaginação, de todas as cores do arco-íris. De um arco-íris de ouro sobre azul cintilando alto sobre os cabelos negros da sua Genoveva, uma caboclinha de vinte anos, esperta, olho atrevido, que ele deixara há dez meses, cumprindo (de má vontade e com desejo de deserção) viagem de instrução ao Oriente na corveta *Ithaboray*, da Marinha de Guerra de Sua Majestade.

Aos vinte e um anos, Deolindo era um garotão feitio de gigante, um metro e noventa no corpo de mulato muito claro, cabelo meio alourado, reflexo de cobre no torso musculoso e queimado de sol, braços fortes, pernas decididas. Naquele exato momento, sua cabeça vinha emergindo para o convés superior, puxando o corpo — vindo do alojamento da tripulação. Era uma cabeça altiva, o rosto largo enfeitado de um sorriso feliz, vitorioso. O traço peculiar que lhe dera a alcunha, as ventas do nariz largas demais, não o prejudicava. Parecia mesmo, ele todo, precisar aspirar mais ar do que os companheiros, para se expandir todo em gozo da vida — naquela tarde de sol incerto e cabuloso.

Era bonito de se ver. Os companheiros, que haviam se cansado de ouvi-lo falar dez meses sobre a cabocla que deixara em terra à sua espera, passavam agora por ele, com sorriso malicioso, cutucando-o: "Aí, Venta-Grande, hein? Que noite de almirante você vai passar! Beber, comer, tocar viola, e o colinho da Genoveva..."

Deolindo ampliava o sorriso, aspirava mais ar ainda, um ar de felicidade, com suas grandes ventas sequiosas de amor. Era assim mesmo, *uma noite de almirante*, como eles dizem, uma grande noite de almirante, de grande felicidade e regalo físico, que o esperava em terra. Sem dúvida.

Seria mesmo? O sol se escondia um pouco. Estaria a cabocla esperando por ele, naquela casinha da Lapa que era da velha Dolores, e onde haviam vivido bem três dias de licença, com muito amor? Tanto, que ele havia pensado —

deixaria o serviço, ela o acompanharia a alguma vila distante, onde ninguém, nem a Marinha de Guerra, os encontraria. Se não fosse a velha botando-lhes sal na moleira, teriam fugido. Se não fosse também o juramento — *juro por Deus que está no céu, e você? Eu também. Diz direito. Juro por Deus que está no céu, a luz me falte na hora da morte.*

Ninguém descumpria juramento tão forte.

O sol se livrou da nuvem, num esgar — brilhou forte, redivivo.

A corveta atracava, encravando-se exata na paisagem da mais bela baía do mundo, a do Rio de Janeiro. Convocados pelo toque do corneteiro, os homens se apressavam, agora calados, recolhidos a custo os sorrisos, adiadas (por mais alguns momentos) todas as humanas expectativas, para a formação obrigatória no deque, a cerimônia de hasteamento da bandeira, antes da dispersão, da escada de bordo colocada. Da permissão, enfim, de descer à terra.

Deolindo conseguira se encaixar na primeira turma a descer. Apertou no bolso da calça seu passe carimbado — a permissão para o amor.

Noite de almirante... ah!

Naquele exato momento, o Almirante João Carlos de Baena — ou melhor, sua cabeça, que vinha antes do corpo — despontou também na porta que ligava a ponte de comando com o pequeno deque meio arredondado (antes uma plataforma, um pódio?), onde os oficiais já se perfilavam para a cerimônia, esperando-o. Empertigou-se, retribuindo a saudação, e alongou o olhar para os marinheiros formados abaixo.

Cumprindo dever do ofício — como se entrasse somente agora na função, no corpo. Na representação. Despersonalizado. Era um homem de estatura mediana, rosto comum, sem viço, um tanto cinzento e enrugado, como que cansado de viver — nos seus 51 anos de idade e 34 de serviço à Marinha. Um homem que, à paisana, em uma multidão, não despertaria interesse, nem mesmo atenção, de ninguém.

E ali estava, na glória do seu impecável uniforme. Regressava do posto de Adido Naval na Embaixada em Washington, que mantivera durante um ano de solidão, monotonia e sofrimento. Era um homem deprimido. Durante a viagem trocara poucas palavras com os oficiais de bordo, jogara algumas partidas de xadrez com o capitão — ganhando sempre, diga-se de passagem, mas sem revelar no rosto impassível qualquer sinal, de alegria ou triunfo. Era como se aquilo lhe fosse devido. Não mais. Assim fora sua vida. Sua carreira: pertencia a família tradicional da Corte, com pai, avô e bisavô na Marinha — o jovem João Carlos iniciara a carreira, como devido, aos 17 anos, não se destacara em atos de bravura por não se revelarem necessários, mas, mesmo assim, conquistara algumas pequenas condecorações, quase um atestado de bom comportamento que lhe enfeitavam, em noites de gala, o uniforme naval. Casara, tivera dois filhos, agora já encaminhados, um na própria Marinha, outro na advocacia, viajara pelo mundo. Enfim, um personagem sem muita história ali estava. Vivera. Talvez vivesse, ainda.

O que nenhum dos dois homens, marinheiro, almirante, podia ver, naquela tarde de sol incerto, perfilados e defrontados, um anônimo e personalizado — Venta-Grande, lá embaixo no convés, e o outro, ilustre e insosso, lá em cima na plataforma da ponte de comando, João Carlos de Baena — é que um fio, uma linha, como quiserem, invisível, os ligava, envolvia.

Desses que a vida, ou a mão do acaso, tece, destece — esquece.

Três horas da tarde, Deolindo já pisava decidido a ruazinha, quase um beco, na Lapa, onde ficava a casa da velha Dolores, onde estaria a sua Genoveva, debruçada à janela, esperando por ele. Já se preparara para dizer, assim que a visse: "Jurei e cumpri." Ao mesmo tempo, ia lembrando as mulheres que vira, e tivera, por esse mundo de Cristo afora, italianas, marselhesas, turcas... algumas bonitas, mas nem contavam, só a sua Veva, a caboclinha fogosa, na casinha pequena, a mobília de pé quebrado, tudo velho e pouco, parecia, para a beleza tanta dela, que merecia bem os palácios que ele vira em outras terras. E já imaginava, deleitado, a surpresa de Veva quando lhe mostrasse os grandes brincos de ouro sobre esmalte turquesa, que à custa de muita economia conseguira comprar em Casablanca. Como iriam bem, nela, aqueles ouros-azuis ressaltados sobre o fundo do cabelo negro...

Nisso, com o coração acelerado, deparou com a casinha simples, porta, duas janelas, fechada. Bateu, falou-lhe de dentro a voz arrastada da velha Dolores — igualzinha à voz que sempre lhe perguntava quem era, antes de escancarar a porta do amor. Deolindo exultou. Nada mudara. E disse em alto e bom som seu nome, respondendo à chamada. A mulher recebeu-o com grandes exclamações de surpresa.

Impaciente, o marinheiro perguntou por Genoveva.

João Carlos de Baena demorou quase duas horas para deixar o navio. Deixou-se cair na poltrona de sua cabine, de onde podia ver pela escotilha um pedaço do mar espelhado e verde-claro, o mar eterno, sua grandeza. Seu elemento. E pensava que de sua vida, agora em retrospecto, sobrariam alguns instantes talvez, fugidios, que valessem a pena recordar — sobre o fundo do mar como num quadro ressaltados. Se pudesse, não deixaria nunca o mar, sua disponibilidade, seu acolhimento, sua neutralidade impassível, parecia, diante do tanto sofrimento da espécie humana, o mar que vira correr no seu seio mesmo, e ao seu redor, toda a história da humanidade.

Essa seria a última viagem de sua carreira ativa na Marinha de Guerra de Sua Majestade. Estava sendo recolhido à doca seca, em definitivo, como um velho navio que já tivera suas glórias e aventuras, e agora... Aguardava-o a reforma, a vida sensaborona em sua bela casa da Praia do Flamengo, as tardes de modorra em que ficaria abrigado sob o toldo do seu terraço, olhando outros navios atravessarem a baía, demandando o mar aberto, ou chegados de longes terras — como esta corveta, agora, com sua tripulação de jovens, marinheiros muito jovens, de olhos brilhantes, que não viam a hora do desembarque para voar ao encontro de alguma cabrocha de olhar atrevido e corpo apetitoso.

O que restaria dele? Um *almirante de pijama* contando histórias pitorescas de terras distantes para sobrinhos e netos?

Um manequim ressequido — uniforme e condecorações — convidado para preencher lugar à mesa por anfitriãs decadentes? A glória suprema e supremamente tediosa de comparecer ao beija-mão do Imperador, no Paço de São Cristóvão?

No máximo, alguma viagem de recreio, em paquete de luxo. Com sua mulher.

Maria Amália.

Nesse ponto, o fluxo de pensamento do almirante, que antes, melancólico embora, corria feito onda regular, se encrespou arrepiado e espumoso — como se de súbito chocando-se contra algum bravio penedo surgido abruptamente, ponta de iceberg aguçada, onde toda a aparente mornidão, do mar, dele próprio, se desfazia, à força redesperta, e em fúria.

João Carlos de Baena tinha mais segredos e apreensões do que os referentes ao recolhimento definitivo à sua base naval. E a verdade naquele momento era uma só: ele prorrogava ao máximo aquele instante de reflexão na poltrona de sua cabina, contemplando o mar, porque não queria enfrentar a realidade.

Não queria reencontrar Maria Amália.

— Genoveva?

A velha Dolores ficou olhando para Deolindo.

— Que foi? Que foi? — insistia o marujo.

— Nem me fale...

Mas acabou falando, a custo, como se tentasse envolver suas palavras com algodão em rama, para não machucar tanto.

— Eu bem que disse... Ainda bem que não desertou, como seria agora?

Era uma coisa dessas da vida, não valia a pena zangar-se... Pois sim, aquela estouvada, aquela louca, a Genoveva...

— É isso. Está com um mascate. O José Diogo, conheceu? Ela se apaixonou. Não mora mais aqui.

A notícia caiu em Deolindo feito raio no temporal, em vela-mestra de navio. E as ideias ficaram lhe marinhando no cérebro, numa confusão de ventos e apitos — entre eles, ensanguentada e vingadora, rutilava a faca de marujo que trazia, para qualquer precisão, enfiada no bolso da calça.

— Onde é que está morando? — trovejou, a língua meio travada de emoção.

A velha primeiro se retraiu, desconversando, já arrependida de ter entregado a moça. Mas um luzeiro teimoso que ia se abrindo, parccc, no olhar do rapaz, a fez mudar de ideia — antes ela do que eu, pensou. E entregou de vez a Veva:

— Na Ladeira da Glória, bem no começo, uma casinha de rótula verde, pintada de novo.

Maria Amália — que era um exagero, mulher de olho verde, pele luminosa, cabelos cor de avelã. Naquele tempo do encantamento, ele tenente com vinte e poucos anos, ela com dezessete, na lua de mel em Paris.

Tempo de uma vida simples, pensou o almirante. Ou pelo menos mais simples — e aí, quase suspirou aquele homem de rosto cinzento e cansado, que se demorava ainda na cabina, remoendo farripas de seus problemas e adiando ao máximo a volta para casa.

Sobre a cama estava seu uniforme do diário, esticado, pronto para ser *embalsamado*? — não pôde deixar de pensar — pelo taifeiro que acabaria de arrumar para o desembarque o seu grande baú, onde jazeriam também o uniforme de gala, as condecorações, seus troféus de vida.

Pensamentos de uma morte mais jovem e vermelha, vingativa, com muito sangue derramado, aninhavam-se no cérebro do Deolindo Venta-Grande, por baixo de seus cabelos alourados — pelo menos nos cem primeiros passos gingados que deu, passos de marinheiro mesmo sóbrio em terra, cobrindo a distância da travessa da Lapa à Praia da Glória. E aí, os teces-desteces do Destino, ou desta história, armaram um imprevisto para o marinheiro decidido — encompridaram, enrolaram seus passos. Ou teriam enrolado a fala da velha, que lhe dera informação falsa? Porque a casinha onde a Veva abrigava seus novos amores não era na Ladeira da Glória, ali, ostensiva e oferecendo-se aos propósitos de vingança do marujo. Não, nada assim tão fácil; era, sim, incrustada em ladeira menor, barrenta, sem nome, que se enredava por ali, por entre Glória e Catete, aos deus-dará da pobreza, domínio de mascates, costureiras, verdureiros, que sei lá, que não sou daquele tempo.

O que é certo é que Deolindo, entre os ires e os vires, e procura e tudo, foi tendo seu furor abrandado. Não direi que ficou cansado, que a lida era pouca para tamanho amor e tão pouca idade — era só um rapaz de 21 anos. Com certeza, se tivesse achado logo, loguinho mesmo, a casa da infiel, talvez essa história terminasse por aqui, feia, encurtada pelo gume da faca, da precipitação. O intervalo de tempo foi suficiente para desmanchar toda a indignação do marinheiro em surpresa quando, de repente, no virar de mais um cotovelo barrento de ladeira, deu com Genoveva — o acaso a fez sentar-se perto da janela, cosendo, no momento em que Deolindo ia passando. Ele parou. Ela levantou os olhos, se viram.

— Que é isso? — exclamou Veva, espantada. — Quando chegou? Entre, seu Deolindo.

E, levantando-se, abriu a rótula para que ele entrasse. Tenho para mim que o tratamento formal, meio cerimonioso da rapariga foi o que arrefeceu o desejo de vingança do Venta-Grande. Talvez a velha se tivesse enganado... Talvez o tal amor do mascate tivesse se acabado... tudo era tão natural e franco que um rabo de esperança, rabinho que fosse, se infiltrou lampeiro pensamento a dentro, na cachola meio simplória do Deolindo. Genoveva deixou a porta aberta e foi desenrolando conversa. Como tinha ido de viagem e tal, que estava mais gordo — sem comoção ou intimidade. Fechada em um mistério que ele queria era deslindar logo, até com as mãos, que lhe bastavam para estrangular Genoveva, um pedacinho de gente.

— Sei tudo — disse subitamente, cortando a frio a palração da moça.

— Quem lhe contou?

Mas nem esperou resposta: fosse quem fosse, haviam dito a verdade. Seu coração tinha mudado — tudo muda na vida. Deolindo teve um ímpeto que ela aparou só com o olhar, dizendo que, se lhe abrira a porta, é porque contava que era homem de juízo.

No retruque, o marujo recordou, meio sem jeito, o juramento de despedida, uma obrigação eterna diante da qual consentira em não fugir e embarcar: "Juro por Deus que está no céu; a luz me falte na hora da morte." Essas palavras é que haviam ajudado na viagem longa, na saudade tanta, que lhe tinham dado força de viver. Juro por Deus que está no céu...

— Pois sim, Deolindo, era verdade. Quando jurei, era verdade. Tanto que eu queria fugir com você para o sertão. Só Deus sabe como era verdade. Mas vieram outras coisas...

— Mas a gente jura é para isso mesmo, para não gostar de mais ninguém...

— Ora, Deolindo, então você só ficou pensando em mim? Deixa disso...

Uma mistura de pernas andaluzas e olhares turcos, saias voando por quartos esconsos, perfumes de âmbar e gardênia, plumas francesas, revoou — por um rápido desvio — no pensamento marinho do jovem, que engoliu rápido e perguntou abrupto:

— A que horas volta José Diogo?

Não voltava naquele dia, fora levar encomenda para os lados de Guaratiba.

— Mas por que quer saber?

— Porque quero matá-lo — disse o rapaz (sem muita convicção).

Se deixarmos Deolindo Venta-Grande enrolado pela falação sutil de Veva, pela indecisão de seus próprios sentimentos, em uma casinha humilde de uma não identificada ladeira da Glória, vamos encontrar um Almirante João Carlos de Baena não menos enrolado em seus próprios fios e sentimentos, vestindo sem vontade um terno de civil de cor cinza-chumbo como sua alma, na cabina da corveta *Ithaboray*. Prestes a baixar à terra.

Podemos nos aproximar dele à vontade — nem percebe nossa indiscrição, tão deprimido está. Dá um último olhar para o baú dos uniformes devidamente guardados e para um momento diante da escotilha, olha o mar — que nesse momento está mais para cinza, porque o sol, aquele sol que já se disse cabuloso e traiçoeiro do dia 15 de março de 1874, se escondera. Armava-se uma chuva? Tempestade?

Melhor apressar-se. Diante do espelho escovou os cabelos de pontas grisalhas, vestiu e abotoou o colete, depois o paletó, endireitou o laço da gravata de desenho discreto e elegante, deu uma última puxada nos punhos da camisa e apertou as abotoaduras de prata. Deu uma olhada no tampo da mesa de cabeceira, enfiou no bolso do colete o relógio de ouro que fora de seu pai, prendendo a corrente no bolsinho oposto, pegou um lenço dobrado da gaveta, uma pequena agenda. E enfiou na algibeira do paletó o pequeno revólver calibre 22, de cabo de madrepérola, comprado em Londres anos atrás. Do qual nunca se separava.

Vinte e dois anos de casamento, pensava o almirante. E ia pensando muito lúcido, entre os trancos e barrancos da caleça de aluguel que abria caminho por vielas pedregosas, entre o cais e sua casa na Praia do Flamengo — um amor implacável, insaciável, por Maria Amália. Uma paixão sem alegria, persistente, ridícula até, verme roedor que procurava ocultar sob a aparência cinzenta, a cara impassível e comum. Como uma maldição, que fosse. Não tinha sido seu destino, pensava amargurado, o resfriamento tranquilo do amor doméstico, o encoscoramento que permitia às pessoas de sua classe, aos seus colegas da Marinha, o usufruto, na meia-idade, dos haveres e contentamentos herdados da mocidade abastada e bem vivida.

Aos quarenta e dois anos, Maria Amália era ainda uma bela mulher, mais viçosa, segura de si. Nela, na sua figura, estava concentrado o Almirante João Carlos de Baena, agora que a caleça de aluguel inglória e anônima em que viera das docas ia se aproximando do seu palacete na Praia do Flamengo. Ou antes, não mais o engalanado almirante, mas aquele pobre civil indefinido e triste em que se transformara ao despir o uniforme naval, sim, aquele sujeito de rosto insosso e sofrido, meio cinzento como seu terno de boa lã inglesa — e talvez ancorado, só, na segurança daquele pequeno revólver francês de cabo de madrepérola que nunca saía do seu bolso.

Para espantar os maus pensamentos, ou para cumprir por desfastio o que havia idealizado nas longas e marítimas horas de paixão remoída, Deolindo Venta-Grande meteu a mão no bolso da calça e tirou o pacote do presente para Veva: os brincos, vistosos e marroquinos, de gosto duvidoso se diria, se outra fosse a presenteada — uma Dona Maria Amália de Toledo Baena, por exemplo. Mas não era, e Veva achou-os deslumbrantes. Depois foi até o espelho de pataca dependurado à parede e se contemplou, sorridente. O que acendeu no cérebro simples do marinheiro esperanças novas: se a perdera para outro, não poderia agora, por um milagre da sorte (e dos brincos), o outro também perdê-la, e para ele próprio?... E provavelmente ela não jurara coisa alguma ao outro.

— Brincando, brincando, é noite — disse Genoveva.

Acendeu uma vela e foi sentar-se na soleira da porta. Pediu ao marinheiro que lhe contasse coisas de outras terras, por onde andara. Deolindo, a princípio recusou, meio acanhado, ressabiado — a sua *noite de almirante* que ia por água, que água, por mar abaixo... desfeita em histórias? Ora! Satisfez a moça meio sem graça nem inspiração, contando duas ou três anedotas de bordo. Uma vizinha passou, prestou atenção, até riu. E Genoveva, para desgosto maior de Deolindo, convidou-a a entrar, sentar-se, "para ouvir as bonitas histórias que o senhor Deolindo estava contando" — e o rapaz teve de engolir em seco aquele cerimonioso "senhor", que lhe marcava papel e lugar naquela cena noturna. Para ele, um simples marujo sem sorte que, ao contrário de tantas outras pessoas, nunca se vira, nem se pretendera, contador de histórias.

A agradável reunião durou até a liquidação definitiva da esperança louca de Deolindo. Que então se despediu. Genoveva acompanhou-o à porta para lhe agradecer mais uma vez o mimo. A amiga, que ficara na sala, apenas ouviu quando a moça levantou a voz, enérgica: "Deixa disso, Deolindo", e a voz do marinheiro: "Você verá."

Veva voltou à sala meio pálida, a amiga notou, enquanto Deolindo lá seguia rumo à praia, cambaio, cabisbaixo e lento. Com um ar velho e triste.

— É um bom rapaz — comentou a Veva. — Sabe o que me disse agora?

— Que foi?
— Que vai matar-se.
— Jesus!
— Qual o quê! Não se mata. Deolindo é assim mesmo, diz as coisas mas não faz. Você verá que não se mata.

A noite era escura, sem luar. O mar batia soturno, ao longe, quebrando onda — compasso de desespero.

Não diz o cronista da época como foi que as coisas se passaram — delas, como aliás das coisas todas deste mundo, só sabemos os marcos exteriores, os detalhes meio inúteis, os brincos marroquinos da Genoveva, as ventas grandes do Deolindo, que pareciam sempre precisar de mais ar, muito mais ar do que o comum dos mortais. Ou dos marinheiros, pelo menos.

O que é coisa certa na experiência da humanidade é que no caminho de todo marinheiro desiludido há sempre uma taberna. A nossa, quer dizer a do Deolindo, era uma taberna sem mais, escura, suja e torva como todas — e cumpria bem sua função geográfica, ou existencial, no mapa daquela zona do Rio de Janeiro, o baixo Catete, com suas ruelas escuras e escusas, enroladas, sua clientela de marginais, putas, trampolineiros, contraventores, e o que se possa imaginar.

Zona fronteiriça, abrindo-se já para os bairros do Flamengo, de Botafogo, as chácaras baroniais, as mansões abastadas disseminadas ao longo da escuridão daquela noite de março de 1874. E foi por ali afora, mergulhado fundo em seu sofrimento aguçado e não aliviado pela bebida, que o marinheiro Deolindo Dias, da Marinha de Guerra de Sua Majestade, enveredou dali a umas duas horas — já pelas onze —, avultado seu pesar na bebedeira fácil, de aguardente barata, centrado agora em um pensamento tolo, obsessivo: como enfrentar os companheiros, sua curiosidade, como confessar seu logro, sua decepção, como dizer que a sua *noite de almirante...*

Àquela hora ia avultado também, aguçado pelo correr das horas e das circunstâncias, todo o pesar acumulado pelo Almirante João Carlos de Baena. Sozinho no escritório do seu palacete da Praia do Flamengo, ele esvaziava uma garrafa de excelente conhaque Napoléon. O álcool não o embrutecia — pelo menos naquela noite. Dava-lhe uma lucidez fria, contundente, trazendo num quase-relance, como se alinhavados para a derradeira compreensão de nossas vidas, que, dizem, teremos todos antes de morrer, os fatos todos da sua humana jornada: que, como os de todos nós, passavam do colorido forte e entusiástico da mocidade ao cinzento descorado, obrigatório, da sua quase-velhice.

E lá vinha a memória de suas noites gloriosas, de outros tempos, não direi *de marinheiro simples*, que nunca fora, mas *noites de aspirante*, jovem e fogoso, recém-formado pela Escola Naval — noites de prazer, de amor, de reencontro com a carne feminina, viva, palpitante, conquistada, ou comprada, que fosse. Nos portos do mundo, espalhada, uma alegria de seiva desatada, jorros de felicidade despreocupada... lembranças essas logo embargadas pelo espinho sangrento, obsessivo, de uma felicidade que fora maior, e perdida — seu deslumbramento, seu amor de vinte anos, inexaurível, por Maria Amália.

E tudo o mais que se seguira.

Mas como, perguntava-se agora o almirante na sua noite de desespero, não se dera conta de que todo o esfriamento do amor da esposa, o desencontro de suas vidas, a absoluta recusa dela, a um certo ponto, de tudo, mesmo das aparências matrimoniais, mesmo de acompanhá-lo ao posto em Washington... era culpa dele, principalmente. Como pretender manter esposa fiel e amante com tanta viagem pelo mundo, em cumprimento de ordens da Marinha de Guerra, tanta dispersão, tanta infidelidade sua, obrigatória, por causa da profissão... Deixar sozinha mulher bela, temperamental, o que queria?

É claro que esses pensamentos não tinham esperado dentro dele vinte e tantos anos para se concretizar — é claro que os tinha cravados a pregos na mente, sempre, tortura de marinheiro errante pelos quatro cantos do mundo, imposição do Destino. "Quem constrói sua casa na areia..." Areia, metáfora básica, para casa de marinheiros errantes — pensava naquele momento o almirante, que não era homem dado a estudos bíblicos, mas conhecia a citação, e a descobriu mais do que aplicável ao seu sólido palacete do Flamengo.

O abalo de suas estruturas já vinha há muito. Ou elas haviam ruído, realmente, no dia, naquele dia em que — há uns dez anos —, em uma discussão particularmente furiosa, Maria Amália lhe lançara no rosto que Eduardo, seu filho caçula, justamente aquele Eduardo que ele adorava, que tanta afinidade mostrava com ele, querendo, inclusive, seguir carreira na Marinha, não era seu filho.

Ao chegar a esse ponto de lucidez alcoólica, os pensamentos do almirante se encapelaram de vez. E vieram lhe trazendo os destroços de toda uma vida, envolvendo-o em onda fria de resolução, o desejo de acabar com tudo de uma vez — nada mais tinha sentido algum, nem sua vida restante perspectiva que valesse, nem rotina militar que o incrustasse, amortecido como sempre estivera, em farripas de alguma lógica existencial. Sufocado, João Carlos de Baena levantou-se, começou a andar de um lado para outro do escritório elegante, encastoado em lambris de madeira de lei. Depois parou, lançou o olhar pela janela, como se fosse a escotilha de sua cabine no navio, ainda — para que a escuridão lá de fora o chamasse, inapelável: destino.

Cruzou o pequeno corredor que o separava do portão lateral da residência, registrou a saudação enrijecida do marinheiro ali postado, ordenança ainda à sua disposição, e com um gesto seco dispensou-o de acompanhá-lo.

Mergulhou fundo na escuridão da noite.

O que depois se passou — entre aqueles dois homens, marinheiro, almirante — ninguém soube ao certo, circunstâncias. As linhas cruzadas no bordado — tecido por quem, direis? Fios que se embaraçam ao acaso das trajetórias humanas. E que conduziram aqueles dois homens desembarcados da mesma corveta *Ithaboray* poucas horas antes, naquele dia de 15 de março de 1874, a um cruzamento em noite sem luar e varrida por vento forte, no início da Praia do Flamengo.

Em hora que, para pontuar o fatalismo e esta história, se aproximava da meia-noite.

Vinham ambos cheios, é certo, não só de álcool como de um pensamento de morte — dois espíritos atribulados, perdidos na escuridão. Traziam em si uma grande carga de energia represada. Eram dotados, pela natureza e pelo preparo militar, de reflexos rápidos e mão segura. E estavam armados.

Nas coordenadas exatas de espaço-tempo em que se cruzaram, colidiram, assustados um com o vulto do outro, inesperado na ruela deserta que ia desembocar na praia. A noite escura, a carga interior de cada qual, transformaram em perigo o que na casualidade do dia seria um encontrão banal — um cruzar de linhas embaraçadas. O marinheiro, mais ágil, mais forte, mais ameaçador em seu metro e noventa, seus 21 anos, foi o primeiro a puxar a faca. O almirante, mais velho, mais baixo, mais pesado, mas de arma mais imediata e potente, disparou no instante mesmo em que a lâmina do marujo lhe penetrava, funda e gelada, no abdômen.

MULHER E PEIXE

A coisa afinal é bastante comum. Que velhas senhoras fiquem afantasmadas pelas casas, conversando com gatos, ou com algum cachorro míope, acontece. Ou acontecia, antes da descoberta da televisão. Mas esta senhora, de quem falarei, andou desenvolvendo nos últimos anos uma estranha mania, a de conversar com um peixe vivo, enorme, metro e meio, bege com pintas marrons, peixe de boca sempre aberta e olho lateralizado olhando-a, maroto e cúmplice.

Um peixe que se chama Zé.

Manhã cedinho ela acorda se sacudindo, esticando as barbatanas douradas na cama-aquário, essa mulher aquática de manhãs paulistanas de neblina, degustadas por tão raras — agora que as levas e levas de severinos sequestraram a cidade primeira, antiga, a cidade que tinha vagar e espera: o cheiro do café com leite e broinha de fubá, a voz da mãe na cozinha, venha tomar antes que esfrie, e depois seria o colégio, as vozes agudas, gorrinhos vermelhos das meninas no pátio, pequenas deliciosas expectativas, nas aulas de Português a sua composição sempre elogiada. Era a menina que escrevia tão bem.

E a mulher de 60 anos agora passando pela sala apressadinha, lá estava o seu peixe grandão, dorso luzidio, e aquele olho seguindo-a — às vezes o achava mesmo antipático, lembrava aquele Olho sempre olhando que é o de Deus que tudo vê, o deus judaico das caixas de fósforo marca Olho, deixa de me olhar assim, Zé! E depois, veja bem, afinal estou fazendo tudo o que é possível fazer, consideradas as circunstâncias todas que tais etc. É verdade que tem aquela conta indecente do condomínio, que eu fui jogando debaixo do tapete, tem, e que criou mofo e formiguinhas e correções, sei lá como todas as contas crescem, menos a minha conta bancária, que foi minguando minguando que virou mingau de minguadinha, o gerente do banco me mandou aquela outra carta malcriada, queira por favor comparecer urgentemente etc. — o que eles querem que eu faça, Zé?

Havia também o porteiro do edifício, que tinha a mania de lhe transmitir recados indelicados por baixo das portas, do credicard, da eletropaulo, da companhia de gás, até de uma butique em que há um ano comprara em suaves prestações a blusa de uma decência tardia e permitida — que o filho chamara de vaidade. O desvão da porta, Zé — assim que se diz, desvão? —, é uma imensa ameaça. Estamos aqui nós dois, meio eu te dizendo umas verdades, que você também me olha de jeito antipático às vezes, como se eu não trocasse a água do teu aquário ou te deixasse sem ração.

Um olho só, ha! ha!, como você quer rir de mim, ou me julgar, se tem um olho só?

Mulher conversando com um peixe dourado chamado Zé, enorme, metro e meio — e que tem um olho só.

Mas então, Zé, o desvão da porta e suas ameaças. Às vezes estamos aqui tão tranquilos na tarde, não é, nós dois... Acho que nos amamos um pouco. Pelo menos eu te amo, um pouco. E o que foi feito do amor, do grande amor/amores da minha vida, amor em pedaços, epa!, virou/viraram franquia, ha! ha!... Já trocamos muitas risadas cúmplices, não é, Zé? E então, slip, alguém — a mão invisível do outro lado, ah!, a terrível mão do destino? ou do porteiro Severino? — escorregou três envelopes no carpete (manchado). E eu sei, nós sabemos, não é, que são mais cobranças. Nós até nos enganamos, ou eu, pelo menos, quero me enganar, nada disso não. Ah! vai ver, nada disso. Condomínio em cobrança, luz, gás, telefone, cartão de crédito, a carta malcriada do gerente do banco... Impossível isso, por que alguém perseguiria tanto nós dois, não é, Zé?

Que mal fazemos ao mundo? Estou eu aqui sentadinha no meu sofá, lendo meus livrinhos, meus proustezinhos, senhoras de uma certa idade leem eternamente Proust. Hoje. Minha avó lia a *Imitação de Cristo*, ensebada, lia de cor, à noitinha ficava lendo perto da janela para aproveitar a luz escassa de fora — economizar a luz elétrica.

E você aí, na sua parede, grandão, de um olho só me olhando matreiro. Matreiro melancólico e um tanto crítico, Zé.

Você de um metro e meio e pintas marrons, dorso luzidio, você aí dentro do seu aquário, um aquário chato e comprido com uma moldura de mogno, aí onde te enquadrei, companheiro, você, último quadro na parede que já foi despojada até de uma gravura de Dali — que me encheu a geladeira por quatro meses.

Você, peixe-imortal, remanescente, peixe-símbolo, fé, esperança, caridade?

(Crescem virtudes cardiais nas frinchas do desespero.)

Abro a geladeira, suas prateleiras vazias me olham com assombro desdobrado. Mas pode ficar tranquilo aí me olhando, Peixe Amigo, Zé — há um certo terror no teu olho espantado? Fica sossegado, amigo. Eu não vou te comer.

Você — último quadro na parede deslavada, você, presente de um pintor, meu amigo Domingos Seno.

OS CONSAGRADOS

"Tu és sacerdote para a eternidade, segundo a ordem de Melquisedeque."
(Do ritual católico de ordenação sacerdotal.)

I — O HOMEM

1

Das histórias de outros tempos, seus personagens, é preciso lembrar o cheiro, o tom, as nuances mil, embalsamadas na memória. É preciso ir buscar, a cada dia, um fiapo, de pessoa ou de ação, trazê-lo à luz com muito cuidado para que não se desmanche, fantasma, ao sol irritante de uma manhã de fevereiro. Algemá-lo a mim o dia todo, arrastá-lo para o imenso caldeirão do tráfego paulistano, o dia a dia, lufa-lufa, ufa, trabalhão. É preciso debater com ele o estresse da criação, vencer os seus (e meus) escrúpulos em expor/ser exposto.

E dar-lhe de comer, e vesti-lo, ou despi-lo, amá-lo, odiá-lo, dar-lhe corpo — o meu até, se necessário —, sofrer sua insanidade, seu humor, suor, reticências, embustes, resfriados d'alma.

Meu tio Alexandre — que era padre — só podia ter nascido para ser meu personagem. Vejo-o, naqueles anos 40, sotaina rigorosa de lã preta, mas sem colarinho, botões do pescoço desabotoados por causa do calor, suando muito e andando de lá para cá no quintal da casa paroquial, lendo o breviário em latim.

(Eu, um olho só no vão da porta — olho mau na menininha, quem sabe, a menininha que espreitava um personagem?) O espanto quase me fez gritar quando, de repente, ele caiu de joelhos, afastando da cara um pedaço de ceroula listrada que um vento irreverente insistia em soprar do varal, fechou os olhos e o breviário, e começou a rezar em voz alta, sempre em latim engrolado, de cor. Depois se levantou também num repente, recuperado. Ligeiramente se espreguiçou com graças de gato, se sacudiu — peixe saindo do aquário. Ou roupa que minha avó sacudia com força antes de estender. (Como eu o sacudo hoje, de dentro do aquário da memória, repescado, personagem...) Entrou para o refrigério da casa enorme, branca, de cortinas corridas, penumbra, filtro de barro no aparador, toalhinha de crochê recobrindo-o. E lançou o vozeirão:

— Mamãe, o café!

Era a melhor hora do dia e das férias. O café do meio da tarde, as quitandas e os quitutes, mineiros bolos de fubá, broinhas de araruta, queijo branco fatiado, presunto, sequilho de coco, goiabada, compotas de cores variegadas, pêssego, figo, ameixa... E o que mais. O café forte, acabado de fazer, o leite espesso e generoso. E as pessoas que, acordadas da sesta, vinham taque-taque, arrastando chinelos, para a sala de jantar.

— Venham! O café está na mesa!

Sobre a toalha de xadrez azul e branco, a essência da família — tempo de férias. Uma paz de coisas assentadas para sempre, e uma casa, branca e espaçosa no alto da ladeira, dominando a cidade — era um tempo de dominação. Uma casa também exposta às ventanias súbitas, rumor assustado de janelas de madeira se fecha-fechando — o tempo podia mudar rápido naquelas tardes de verão. Casa de poder, sim, Casa Paroquial, de privilégio, inconteste, no topo da ladeira. Todo mundo nos olhava. Caboclos passavam na rua, lá embaixo, ladeirão, levantavam o olhar para a casa do Sô Vigário, tiravam o chapéu de palha, cumprimentavam fundo, *tarde...* no dialeto amineirado recheado de mecê, sior, vassuncê, vosmicê. Ribeirão das Velas era cidade de fronteira, Minas era ali-i... diziam espichando o beiço — depois daquele morro, lá depois da Pedra do Lopo e da Cachoeira dos Pretos. Minas era coisa que nem existia, vai ver. O que existia, bem estudado na aula de Geografia, era o Estado de São Paulo, seus limites — e, nas férias, a confirmação: nós, debruçados na fronteira, tomando café com leite às duas da tarde e alongando o olhar pela paisagem montanhosa, ao fundo.

Naquelas tardes de café e bolinhos, germinava o personagem que depois ficaria tão famoso — nas crônicas da própria diocese, e até no arcebispado da capital. Germinava na modorrice daquele final de Estado de São Paulo onde nada que valesse a pena, a não ser a própria vida, acontecia. Uma enfiada de batizados de crianças ranhentas, casamentos de caipiras descalços, encomendações. As palmas no portão,

Sô Vigário está? Às vezes, algum chamado para mais longe, brenhas, trilhas enlameadas, léguas a cavalo para dar a extrema-unção a algum agonizante.

No mais, as longas trilhas do cotidiano, o embalo na rede e o jornal rigoroso da tarde, a sesta depois do almoço — e um padre de 25 anos, alto, magro, bonito e moreno, um ar intelectual e desajeitado nos olhos míopes, sabia que seu tio foi professor de Filosofia no seminário?

E dava aulas em latim.

2

O latim envolve, como o cheiro de incenso da igreja, a lembrança. Uma casa paroquial é como os bastidores de um grande teatro, paramentados os atores, preparada a cerimônia — seus rituais rigorosos. A intrusão do fantástico no dia a dia, a gente podia estar saindo do banheiro e dar de cara com um coroinha de sotaina vermelha e alva rendada, ensaiando fumigações com o turíbulo de prata ali na copa. Saídas as brasas, corriqueiramente, do enorme fogão de lenha alimentado sem cessar, caldeira de locomotiva, pela negra Zefina, desde o alvorecer. O pão que assava no forno, a galinha decepada na pia, uns pés de chicória escorrendo, um cão pulguento se coçando na porta da cozinha, o menino do turíbulo, afobado, as brasas não queriam pegar, o sacristão acorrendo, depressa, a missa ia começar, onde estavam as hóstias?, gritava alguém, como se perguntasse pelo cabrito ensopado ou pela macarronada.

E lá ia meu avô buscar as hóstias no canto da despensa, onde eram guardadas entre as latas de biscoitos, para grande espanto da menininha a quem haviam dito que as hóstias eram o corpo de Nosso Senhor Jesus Cristo, e tão, mas tão sagrado mesmo, que ninguém podia tocar nele, só o padre, no altar, e quando ele colocava a hóstia sob a língua das pessoas ia murmurando uma longa frase em latim, quem é que entendia, e na comunhão, ouviu, é preciso deixar a hóstia derreter todinha na língua, nunca tocar, nunca, nem com a língua, entendeu?

E o preparo das hóstias, a massinha feita pela própria negra Zefina, nas tardes de fazer quitanda — como lá também se dizia, em termo transplantado de Minas vizinha, do preparo de bolos e biscoitos em quantidades que dessem ao menos para algumas semanas e o apetite atiçado da meninada. As forminhas de sequilho de um lado do forno, as de hóstias do outro, ligeiro cozimento, depois prensadas à mão pelo meu avô Pedro e guardadas, tão ali à mão. O vinho de missa também guardado na dispensa, em caixas, especial, branco, delicado — o sangue de Nosso Senhor Jesus Cristo.

Naqueles grandes domingos de lindo céu azul, nas idas e vindas de sacristão e coroinhas da igreja vizinha — era só atravessar um gramado e ia-se dar exatamente na porta dos fundos —, Donana, minha avó, aproveitava para mandar perguntar, de última hora, se o padre queria frango frito ou ensopado no almoço, e tudo numa pressa, ela se preparando, mantilha de renda e missal, se apressando, a missa ia começar, não estavam já entoando o kyrie?

A missa solene, das dez, concentrava na mão fechada toda a vida da cidade, ali no topo do morro e da vida, o grande acontecimento, o espetáculo, a música, a multidão de roupa muito colorida, descalça ou de sapato apertado, respeitosa se curvando, ouvindo Sô Vigário, mulheres de um lado, homens do outro da nave, no meio crianças choramingosas trançando, e de repente uma voz esganiçada, *péra aí, menino!*, destacada sobre os latins. O padre, solene, alto, esguio, subindo compassado os degraus do púlpito, impondo-se, um grande silêncio. Todos os olhares voltados para a figura ereta, de olhos fechados, se concentrando, as duas mãos segurando, uma de cada lado do peito, a estola bordada a fio de ouro. Depois ia abrindo os olhos aos poucos, fixava um ponto no espaço, elevado, muito acima da humana miséria, e lançava:

— *Exurge, Domine, adjuva nos et redime nos propter nomen tuum.*

Parava um pouco, certificando-se do poder da fórmula mágica. Depois, mais humano, condescendente, traduzia:

— Levanta-te, Senhor, ajuda-nos e redime-nos, por amor do teu nome!

A caipirada babava.

3

Naqueles anos 30 e 40, aquele padre, vindo do Seminário Central do Ipiranga na cidade de São Paulo, formado, representante de Deus — nada menos que isso —, era o vigário de Curralinho (cinco ruas sem calçamento, uma igreja tosca). Mas, no fim do ano, o Padre José, vigário de Ribeirão das Velas (quinze ruas calçadas, três praças, duas igrejas) — seria removido para a sede da diocese, diziam que já fora convidado pelo bispo para ser seu assessor. E o Padre Alexandre, sim, poderia realizar o sonho da família, ser nomeado enfim para posto condizente com sua capacidade.

Os meninos iam para o seminário, estudar. As meninas ficavam em casa ajudando a mãe a mexer o tacho da goiabada. Tarefa árdua e aventurosa, a massa vermelha em ebulição costumava pular nos braços — até na cara, menina, tenha muito cuidado! — e deixar marca de ferro em brasa. Iam todas se casar. Com muita sorte, o pai, triunfante, comprava-lhes um piano, contratava professora solteirona, de pincenê e voz fanhosa. Nas tardes do imenso tédio dominical, soavam, ressoavam, valsinhas açucaradas. As que não conseguiam casar, por feiosas ou vítimas de amores impossíveis, seriam professoras de piano — de pincenê e voz fanhosa. O seminário em Pirapora dos padres premostratenses absorvia a preços módicos a rapaziada de pais remediados. "Não comíamos manteiga o ano inteiro para manter os meninos no colégio", dizia minha mãe, e que a vida era assim mesmo. Como muitos eram chamados e poucos escolhidos, a cada ano o seminário desovava jovens de formação humanística, sabedores de latim e francês, ansiosos para casar, aptos para a vida cristã e, na maior parte, ingressando no magistério secundário. Alguns persistiam na vocação e seguiam estudos no Seminário Maior do Ipiranga, na capital.

(O menino triste, uma história longa de otites mal-curadas, menino se arrastando ranhento, *passa, menino!*, os irmãos maiores, a casa pobre, a mãe sempre irritada. Um dia — pelo menos é o que Donana contaria mais tarde em roda de beatas na porta da igreja —, um dia, ele tivera uma visão. *Com a Virgem, Mãe*. Dizendo que devia ser padre.)

O seminarista Alexandre, que era conhecido por grandes risadas e peças inocentes pregadas nos companheiros, um bom camarada, em Curralinho entrou no personagem sisudo e importante do vigário — recebido com fanfarras e homenagens de Filhas de Maria, bolos, frangos, presentes dos turcos de lojas, até do farmacêutico, depois dos anos maus que o comércio local amargara por falta de vigário e de festas religiosas que reunissem a caboclada dos arredores. Ali, ele teria talvez se contentado em engordar na rede, rezar o breviário e atender bondosamente — era um homem extremamente bondoso — a todos que dele precisassem. Mas quis o destino e certamente a ambição de Donana que assim não fosse — não, absolutamente, aquele lugar não servia, era um fim de mundo, um amassar de barro, não, o lugar almejado devia ser a vizinha cidade de Ribeirão das Velas, lugar mais próspero, animado —, mesmo porque era o berço da família, o lugar onde ela nascera e se casara, onde os seis filhos, o próprio padre, haviam nascido. Começou a insistir com o filho que devia pedir ao bispo, onde se viu ele ficar assim esquecido em paróquia tão insignificante, ele, um padre tão brilhante no seminário, latinista, Curralinho só tinha caboclada xucra, não tinha futuro (seu filho, seria bispo?).

Começou assim, de mansinho, na pasmaceira das tardes da cidadezinha esquecida, a germinar o temperamento reivindicativo de um padre que passaria à história da diocese, que digo, da arquidiocese, como um rebelde e uma figura original (dizem alguns que os ecos do que aconteceu mais tarde chegaram até Roma — quem sabe?). Do qual, pelo menos, é sabido, guarda-se até hoje nos arquivos da Cúria Metropolitana de São Paulo um grande número de cartas — trocadas? Ou dirigidas, mas sem resposta? — ao cardeal-arcebispo.

4

Algumas fotos amareladas do álbum de família esclarecem como as coisas se passaram — se passam, no comum da vida das pessoas, de todos nós, afinal, mas sem documentação como esta, que me parece tão evidente: a primeira foto, de 1939, parece ter sido tirada em dia daqueles de vento e poeirão vermelho levantado, em frente à Casa Paroquial de Curralinho — é uma foto escassa, apressada, tirada talvez por algum sobrinho de passagem. Mostra Donana segurando a saia comprida e desajeitada, defendendo-a do vendaval que conseguia levar a melhor e desprendia do seu coque severo fios de cabelos rebeldes. Seu Pedro, alto, magro e bigodudo, empertigado, o padre bem no meio deles e da foto — centro da paróquia (escassa) e do mundo, com alguns elementos enfatiotados em ternos de linho e colete, um turco dono de armarinho que passou sem nome à história e à foto, o farmacêutico chamado seu Marins, uma professora também anônima que mostra vestido ramado e dentes um tanto desalinhados. Dos lados, como se espiassem com medo a fotografia, o sacristão Bento, uma empregada mulata.

Como fundo, a casa de feição antiga e desconsolada, cara na rua, duas janelas de um lado, porta, uma janela do outro.

A outra é foto de profissional, em cartão duro, tamanho 12x18, carimbada atrás Moraes Foto, Ribeirão das Velas — e onde alguém escreveu 1944, Casa Paroquial. É a primeira foto, germinada — a mesma disposição, o padre bem no centro, sobranceiro, entre homens de chapéu, e bem ao lado do Coronel Zico Moreira, figura conhecida na cidade, nos arredores, e mesmo entre os políticos da capital, diziam. Ao lado deste, Donana em dia que certamente não era de ventania, discreta e bem-posta no vestido preto, corrente e medalha, brincos, o coque dessa vez impecável e contido. Seu Pedro à direita do padre, o cabelo mais branco, sem bigodes, com um ar de quem ia dizer alguma coisa — mas não disse. Pelos lados, os importantes todos do lugar, como frutos acrescidos às sementes do primeiro retrato: o médico dr. Edmundo Paes, o senhor Almeida Tavares, próspero negociante português da praça, o diretor do Grupo Escolar, professor Prado Alves, o delegado da época, da qual não se lembra o nome, e até o juiz de Direito. Enfim, reconhecidos nas memórias das tias ou anônimos, lá estão em grupo compacto e compenetrado bem uns quinze senhores, e até mais uma senhora, Dona Almerinda, que, parece, era funcionária da Coletoria. Ou seria a mulher do juiz?

O cenário dessa vez é um grande terraço, bem-posto e bem pavimentado, que se destacava na frente da Casa Paroquial de Ribeirão das Velas — construção benfeita, estendida por generoso terreno, com suas sete janelas altas, de vidraças francesas, na lateral que dava para uma ladeira calçada de paralelepípedos que ia dar na Igreja do Rosário dos Homens Pretos. Do lado esquerdo, descortinava o panorama de toda a cidade, com destaque, ali em primeiro plano, para o Largo e a Matriz do padroeiro, Santo Antônio.

5

O que haveria dentro dele, desse padre — coisa de tanta inquietação, parecia —, que o fazia sempre estar metido em alguma disputa com alguém, alguma briga? Que começou com aquelas primeiras questões, comezinhas, ridículas até, coisas de cidade de interior, de não-ter-o-que-fazer. Com o Basílio Athayde, por exemplo, o dono da Companhia de Força e Luz de Ribeirão das Velas. Filho de cacique político importante, o velho Oscar Athayde, coronelão do tempo da Guarda Nacional, mas que já estava entrevado numa cadeira fazia muito — o filho, rico, bem instalado na sua empresa. E cobrando — coisa inaudita! — as contas de luz da Igreja Matriz, não pagas há muito e amontoadas, malignas, na sua gaveta.

— Não pago! — berrou meu tio, vindo pelo corredor de entrada com a carta de cobrança na mão.

Fez sermão, no domingo, brandindo as contas de luz no púlpito para que todos testemunhassem o crime cometido contra a sua igreja — que se ampliava da paróquia de Santo Antônio de Ribeirão das Velas para a Igreja Católica Apostólica Romana. Defenderia até a última gota de sangue a sua igreja — que recebera sempre a cortesia (devida!) da Companhia de Eletricidade, em tempos em que as pessoas tinham mais fé e devoção do que os da geração atual. Organizou protestos, no Largo da Matriz, diante da casa de Basílio Athayde. Convocou os fiéis a comparecerem à bênção do Santíssimo, à noite, portando velas, pois assim seria a sua igreja iluminada, se a luz fosse cortada — porque Ela, só Ela, a Igreja, é o facho da luz sempiterna que ilumina a vida dos seus fiéis.

O povo aderia, convicto, iluminado, a essas intervenções teatrais em sua mornice interiorana. Formaram-se partidos — o do deve pagar, o do não-deve. Disseram depois os que seguiram a primeira campanha do padre, que houve algumas complicações, rixas velhas ressurgiram, a família do coronel que já não era benquista... enfim: tudo se interrompeu, bruscamente, quando quis o destino que o moço Basílio Athayde, de 32 anos, forte e valente — e tão rico —, tombasse de repente, vítima fatal de uma peritonite (em tempos anteriores a Alexander Fleming).

Sim, e anteriores ao Vaticano II.

As coisas que por ali adiante foram se passando, e acumulando, na história do padre — campanhas, todas, muito do Bem contra o Mal. No tempo em que as moças deixaram de usar meias, por exemplo... Foi logo depois da guerra, primeiro vieram as meias de náilon, fantástica invenção, não desfiavam, as mulheres ficaram encantadas. Depois, alguém resolveu que fazia calor, que se podia sair sem meia — e até no inverno usava-se casaco de pele, sem meias. Para a Igreja, foi um escândalo, uma pouca-vergonha, o-que-essas-mulheres-pensam. O padre deu caça, nas procissões, às Filhas de Maria. Até mesmo senhoras da Congregação do Santíssimo Sacramento, que ostentavam o melhor vestido preto e alguma joia, mas sem meias, onde-se-viu. Na igreja, não — ninguém sem meias!

Depois, veio a política. E mais brigas, sérias. Essas em que as pessoas se metem, coisa de cidade pequena, de candidatos a prefeito, de gente que é do seu Fulano ou do seu

Sicrano. Joca Matos, de um lado. De outro, nem sei. Só que Joca, que não era bobo nem nada, se acolheu à sombra da Matriz. Do padre — do enviado de Deus. Foi catando seus votos, aqui e ali, o padre me mandou falar com o senhor, para ver se... ia se afigurando vencedor, sem mais — para grande desgosto do Coronel Zico, que apoiava o outro, que sei lá quem era. Diziam, na família, eu ouvia. Diziam tanta coisa mais, que gente ruim, que despeitados, os "do outro lado" maquinavam contra seu vigário, meu tio, foram contar para o bispo, o temível bispo da diocese, Dom Geraldo de Abreu Albuquerque — vindo do Recife, nordestino, que bispo.

6

Um tempo de bispos. Um tempo de padres e de bispos, sim. Em suas batinas de alpaca ou lã inglesa, mantos de seda púrpura — para o bispo, seu enorme anel de ametista que dava a beijar, com solenidade desdenhosa. E seu poder de excomunhão. O bispo de Bragança — já na década de 50 — ameaçava com excomunhão, nada menos, as moças que usassem calças compridas ou frequentassem a piscina do clube local em horários mistos. Sim, porque o comum nas piscinas eram horários separados, nas raríssimas piscinas mistas, da mesma forma como acontecia em estabelecimentos religiosos de ensino. O Cardeal Dom Carlos Carmelo de Vasconcelos Motta também queria excomungar as famílias que recepcionassem um célebre casal de divorciados que nos vinha visitar, o Duque e a Duquesa de Windsor. Ao mesmo tempo, o Conde Matarazzo lançava excomunhões sociais contra os casais "sem papel", excluindo-os da lista de convidados de uma fenomenal festa de casamento que deu para sua filha Filly.

E quando o Teatro Brasileiro de Comédia ousou apresentar peças de Sartre, como "Entre quatro paredes" e "A P... Respeitora", mesmo com o título assim reticente, foi um deus-nos-acuda, e lá veio o bispado com mais excomunhões em riste... ao que parece, nunca concretizadas, porque o teatrinho famoso continuava cheio e os espectadores não se impressionavam muito com a ameaça de um auto da fé.

Bispos, arcebispo — e os padres seus súditos, que se ajoelhavam com os dois joelhos diante deles, beijando o anel de ametista. Meu tio, assim prostrado — mas não era ele o próprio representante de Deus? E agora tão humilde diante do Outro, o da alta Administração? Podia-se ver que uns representavam mais a Deus do que os outros. E que toda a pompa — e circunstâncias várias — se enfeixavam espelhadas, refletindo Roma, refletindo o poder, uma hierarquia estreita e no topo da ladeira, ah!...

Tempos aqueles de Igreja combatente, de Cristo-Rei, de histórias de padres espanhóis fugidos da Guerra Civil — Padre Honório, gordo, rubicundo, padre convidado na Casa Paroquial de Ribeirão das Velas, contando histórias de sua terra, de procissões interrompidas por pancadarias. Sim, os comunistas. E os padres também já iam preparados, rezando e cantando na procissão, em fila, mas, quando chegava o momento da briga, *vamonos, entonces*, tirando o porrete que levavam escondidos na batina, e aos gritos de *Cristo-Rey!*, enfrentavam o inimigo.

Meu tio ria suas grandes gargalhadas, deliciado.

Tempos aqueles, de preceito e de jejuns, quaresmas, adventos, pecados e virtudes, e penitência — e Cristo sofrendo na cruz, mas voltando, Rei, cintilante, e de uma Igreja toda em paramentos bordados a ouro, linda Igreja de cerimônias, liturgia, latim. Um mundo encantado, parecia. Um mundo de representação — convincente, naquela época. Um ritual que tinha força, duração, era o reino da magia — não diziam que a Eucaristia, a hóstia fabricada em casa e consagrada por meu tio na missa, era o próprio corpo e sangue de Cristo? E não deixavam que ninguém a tocasse, era sacrilégio tocar na hóstia consagrada — só o padre podia.

Nas procissões, só os homens da Irmandade do Santíssimo partilhavam do privilégio — usavam uma capinha vermelha chamada opa e carregavam o pálio que era também um pano vermelho feito uma casinha de brinquedo estendida sobre quatro bastões altos e dourados, e que cobria o Santíssimo na procissão. Os homens, só eles, podiam carregar o pálio e chegar tão perto do Santíssimo, os homens mais velhos, sérios, casados e gordos, será que eles não tinham medo do Santíssimo?

De tão Santíssimo que era que até o padre só podia pegar nele dentro daquela caixa dourada chamada ostensório e segurando com uma toalha dourada — senão queimava?

Porque o Santíssimo, ah, o Santíssimo, a gente não devia nem olhar para ele quando o padre levantava a hóstia consagrada, na missa.

— Abaixa a cabeça, menina.

Se olhasse, ficava cega?

O Santíssimo estava sempre relacionado com raios. O ostensório tinha raios dourados cercando o corpo de Nosso

Senhor, e quem pegasse na Hóstia Consagrada, que era o corpo e o sangue de Nosso Senhor, vinha um raio do céu e fulminava. Chamava Sacrilégio.

Era um pecado que não tinha jeito. O pior pecado.

Mas o padre pegava na hóstia. Porque ele lavava as mãos antes, numa bacia toda de ouro, enquanto o coroinha de vermelho podia ficar perto dele, porque era menino. E só o padre, porque era padre e porque era homem, podia pegar na hóstia. Mulher não pegava, não podia pegar nunca

— Nem se eu lavar bem a mão antes?

— Nem.

E quando mais tarde, cinco escassos aninhos depois, aos dez, fiquei menstruada, um dia estava ajudando minha mãe a fazer a massa do pão e a massa azedou por minha culpa, esclareceram logo mãe e tias: porque eu estava incomodada, tinha mãos quentes e o poder (temporário) de azedar massas. Entre culpada e incertamente orgulhosa do meu poder, temporário embora, compreendi por que mulher não podia pegar no corpo de Nosso Senhor. Porque senão azedava o corpo de Nosso Senhor.

7

Parecia que esse meu tio vivia entre raios e tempestades, coisas especiais lhe aconteciam — até milagres. Desastre de ônibus. Nossa Senhora o salvara da morte. Ia de Ribeirão das Velas para outra cidade, sentado no primeiro banco, e a *jardineira*, como se dizia naquele tempo, chocou-se com um caminhão que vinha no sentido contrário. Mas o padre, que estava atento, olho na estrada, levantou-se para avisar ao chofer desatento e recebeu todo o impacto, uma sorte, no peito, e não na cabeça. Miraculado, saiu do hospital para minha casa, em São Paulo, teve convalescença longa. Recebia visitas importantes — como era bom ser padre, eu pensava, tímida e deslumbrada por aquele homem alto, enérgico, que ia se fazendo corpulento. Majestoso, mas estranho, parecia, com aquela complicada tala que lhe imobilizara o braço a um ângulo de 90 graus. Visitas que apareciam no sem-mais, para desespero de minha mãe, que nem tinha tempo para arrumar a sala, tirar o avental. O arcebispo de São Paulo — Dom José Gaspar de Affonseca e Silva — apareceu um dia. Tocaram a campainha da porta, minha mãe foi ver: era um padre jovem, o secretário do arcebispo, Padre Nelson, que vinha avisar — o carro longo e preto estava estacionado na frente da minha casa. Que coisa importante — como era bom ser sobrinha de padre. Na outra semana, foi a vez da nobreza — a senhora viscondessa da Cunha Bueno, que morava na mesma rua que nós, nos Campos Elíseos, mandou uma negrinha avisar, educada que era: viria fazer uma visita ao padre Alexandre. Mas quando chegou, a viscondessa era só uma velhinha gorda e feia, de óculos grossos e buço, toda vestida de preto.

Até hoje não me explico o prestígio dessas visitas a um simples pároco de interior. Mas, para minha desilusão, não houve uma terceira visita — que na minha imaginação teria de ser de algum rei. Ou pelo menos do governador. Contei vantagem no colégio, que o arcebispo, nobres e reis, e até uma viscondessa loura de olhos azuis vestida de veludo vermelho e coberta de joias, costumavam visitar minha família.

Me chamaram de mentirosa e amarguei o ridículo.

8

Naqueles anos todos, em onda, chegavam à família — os irmãos espalhados pela capital, dois deles em outras cidades do interior, os sobrinhos pequenos — as histórias do padre Alexandre. Um confronto com a hierarquia religiosa, desde o começo, um anseio de independência. Seria apenas com o bispo nordestino, orgulhoso e rígido, também ele, da sua diocese?

Foram iniciadas algumas batalhas políticas, naquele período pós-ditadura de Vargas, em que incipientes cabeças se levantavam, nos partidos reorganizados — em Ribeirão das Velas, o Joca, que era "um moço bom, que devia vencer", dono e diretor do *Ribeirão*, prestigioso órgão da imprensa local, publicava às vezes aos domingos sonetos do Senhor Vigário, em honra da Virgem Santíssima. O bispo Dom Geraldo se eriçava, autoritário, proibindo sermões e adesões a candidatos — na casa paroquial, o padre ensaiava discussões imaginárias em voz alta, conversando à mesa com a família reunida, o vozeirão ressoando casa adentro acalorado, *Vossa Excelência não pode interferir na minha paróquia...*

Era um tempo de Excelências, aquele.

Um dia, pelo telefone de nossa vizinha, em São Paulo (eram poucas e privilegiadas as casas que tinham telefone), chegou para minha mãe uma notícia terrível: o padre sofrera um atentado, estava mal, estava sendo transportado para o Hospital da Beneficência em São Paulo. O carro em que voltava, com o Joca, de um comício em arrabalde de Ribeirão das Velas, fora abalroado na estrada por uma caminhonete que o jogara contra o barranco. O chofer fugira. O Joca safara-se com um arranhão no braço. O padre se machucara bastante quando o carro virou, um braço e duas costelas quebradas, um corte feio na cabeça, chegara a perder os sentidos.

Afinal, quem ganhou a eleição em Ribeirão das Velas?

Ninguém na família se lembra. Mas logo mais o padre rebelde foi transferido para a arquidiocese da capital, onde lhe deram emprego em uma paróquia humilde, Nossa Senhora das Dores.

9

Do que se lembra, nos lembramos todos os restantes e agora já idosos sobrinhos, é daquele homem alto e robusto, de vozeirão e olhar autoritário por trás dos óculos grossos de míope, aquela figura rigorosamente de batina preta — um dos últimos da sua geração a persistir na vestimenta canônica até o fim. Aquela figura que tinha, sim, uma função de união na família. Não tanta como pretendia, é certo — mais um emblema. Explico: o que ele queria era que todos o considerassem um patriarca, aquela figura do pastor a quem os sobrinhos iriam pedir conselhos (para segui-los estritamente, coisa que nunca fizemos) nos casos de separações conjugais, filhos rebeldes, falta de dinheiro...

Principalmente falta de dinheiro.

Um dia em que uma prima minha resolveu viver numa boa com o namorado alguns anos antes de se casar (casou), tio Padre, indignado, reprovava o seu comportamento: "É um insulto a mim! Uma desconsideração!" Ela, lampeira: "Digam ao tio Padre que, quando eu nasci, ele já era padre, não veio me pedir licença para ser padre. Agora, que não se meta."

Desiludia-se muito com os sobrinhos. Que saíam da família rigorosa, afastavam-se da Igreja, desquitavam-se — em um tempo ainda sem divórcio no Brasil. Mas não deixava de socorrê-los. Era um bom paizão, uma espécie de avô — um homem do século XIX. Um homem generoso. Bom. Diziam, mesmo, um padre "exemplar", o que queria dizer, em linguagem daquele tempo, que nunca descumprira o voto de castidade que lhe haviam imposto *ad æternitatem*.

E dava suas grandes risadas, gostava de contar anedotas de uma ingenuidade sem sabor — parecia contente com a vida. Comia com grande apetite a comida que Donana se esmerava em preparar, cinco ou sete pratos no todo-dia, no domingo festanças, havia constância de convidados, *vão chegando*.

De repente, um dia, pararam as grandes risadas. O rosto aberto e bonachão começou a fechar-se — era um homem que sofria. Tenso. Cenho franzido. Preocupado.

A Instituição o alcançara. Desabara sobre ele — carantonha.

II — A FRANQUIA

"Por alguma brecha, a fumaça de Satanás penetrou no templo de Deus."

Papa Paulo VI

A escritora para diante da nova porta que se abre na sua narrativa — pensa: é como se eu trouxesse meu personagem pela mão, meu tio Padre reduzido a menininho até a porta da escola, onde ele entrará com medo por ser o seu primeiro dia, mas já engolido — já não *meu*, mais. A grande porta do mistério, seus imensos portais jubilares esculpidos pelo menos por Michelangelo, Bramante, Donatello, ah! A Igreja Católica Apostólica Romana, ah! Tudo isso, guardiã de uma história bastante tenebrosa, de dois mil anos.

Quem pode concorrer com uma venerável senhora dessa idade?

Um mundo do qual me afastei de vez aos 18, 20 anos, para não mais voltar. Se volto, se me demoro, vou em busca de minhas histórias, de meus personagens — não, não é só isso. Vou também, vou principalmente, em busca da minha infância. Do grande código/códice em que me inseriram à força, por circunstâncias culturais, familiares, enfim. E vou também, e principalmente, em busca daquela menina de 12 anos que no jardim da Casa Paroquial, em abençoadas férias, lia *David Copperfield* — o personagem de Charles Dickens que descrevia os "personagens pitorescos" da sua infância. Uma enfiada de tios excêntricos, tinha o David, como aquele que queria escrever a história da Inglaterra mas não podia, estava empacado no episódio do rei Carlos II, o decapitado, era assombrado por sua cabeça destacada do corpo.

A menina invejava os aprendizes de escritor que haviam tido, por fortuna, tios pitorescos.

Atravessado, o pitoresco vai dar no muito humano. No trágico. É onde os personagens, que digo, este personagem, a história desse meu tio padre, vai desembocar no distante e histórico rio Tibre. Em Roma, sim. No Concílio Vaticano II. Sim, aquele mesmo Concílio que provocou o cisma, o padre Lefèbvre, e a frase posterior de Paulo VI, "por alguma brecha, a fumaça de Satanás penetrou no templo de Deus"...

No templo de todas as estranhezas.

A fumaça de Satanás. Nenhum teólogo, bispo, padre da Igreja — dizem que nem mesmo São Jerônimo, o da caveira, que foi consultado — conseguiu decifrar exatamente até hoje o que o papa de cara de raposa, Paulo VI, quis dizer com essa fumaça: que Satanás influíra na própria formulação do Concílio, nos cardeais que causaram o abalo, no cisma que se produziria na Igreja? Ou, pelo contrário, estariam possuídos por Satanás os que não aceitavam a postulação conciliar?

Que outros se preocupem com esses detalhes — não sou teóloga. Sou mera cronista familiar, especialista em tios.

Mas, sim, a fumacinha lá de Roma chegou à humilde paróquia de Nossa Senhora das Dores, em São Paulo, na manhã de uma quarta-feira, por volta de setembro de 1963, exatamente às 8:45 da manhã — no momento em que depois da missa o padre saboreava seu café com leite bem fornido, lendo o jornal. E, como todas as fumaças, chegou insinuante e mulher, leve suspeita de fumaça em manhã nublada. Tanto que nem foi reconhecida de imediato. Uma leve ruga na testa do padre, uma perplexidade. O Concílio já ia a meio, imponente e desenrolado — em Roma, a pompa, a circunstância, a beleza daquela visão da sua abertura, um ano antes, (tantos) cardeais, (tantos) bispos — (tantos) padres. Ah, vindos de todos os cantos da Terra, convocados pelo Supremo Pastor para a grande reforma que adaptaria a Igreja ao mundo atual — diziam.

O primeiro objetivo postulado por João XXIII desde o início, a "opção pelos pobres", fora recebido pelo padre Alexandre com muito júbilo até. Ele, que escolhera ser vigário de um bairro muito pobre, ele que se sentira sempre mal com os donos do dinheiro e do poder, que nunca os bajulara (exceção menor feita, talvez, numa condescendência, ao coronel Zico de Ribeirão das Velas, que financiara o grande sino da Igreja Matriz, as quermesses do Dia do Padroeiro... enfim, que era até um bom homem).

Mas agora que o Concílio já ia a meio, a tal fumaça, fumacinha romano-diabólica, tênue ainda, toldava o olhar do Padre Alexandre. Que de repente levantou-se da mesa, abrupto, jogando o jornal num susto para Donana, que ia perguntar se ele não queria mais uma fatia de bolo de fubá — o bolo predileto dele, desde menino.

O que se passou depois desse dia, bem, foram muitos dias e noites, anos, enfumaçados.

A revolta contra Roma cresceu devagar, demorou tempo para se concretizar, se erigir em indignação — em ação.

No início, foi assim como se o solo sob seus pés escorregasse um pouco. Aquela pedra sobre a qual Cristo erigira a sua Igreja... Pedra limosa, um pouco, sentia? No começo lia nos jornais as notícias do Concílio — verdade que a Igreja de Cristo não era mais a única? Retiravam-lhe o privilégio da Salvação, da Verdade?

(Padre Alexandre fora criado em um mundo de maiúsculas.)

Do outro lado do mundo, entre as pompas e púrpuras do Concílio, que optaria pela pobreza, as maiúsculas tradicionais se rebaixavam voluntárias, servis quase? Buscando aprovação, clientes, seria? — meditava o padre, sentado no primeiro banco da sua igreja, olhos fixos no sacrário, quase numa conversa — a Constituição Pastoral sobre a Igreja e o Mundo Moderno reconhecia, agradecida, "a ajuda variada que recebe de parte dos homens de todas as classes e condições"?.... Bem, tudo bem, filosofava. A Igreja de Nosso Senhor Jesus Cristo era, sim, a Igreja dos pequeninos, dos humildes, do Chico de Nhá Maria, que andava três léguas para assistir à missa lá em Ribeirão das Velas. Da lavadeira Filomena, que vinha entregar seu óbulo, fazia questão, para os pobres... Mas havia alguma coisa que não lhe cheirava bem na tal Pastoral. Entre fumaças e cheiros, o padre, tão humano — sentia-se de repente tão contingente, tão limitado, tão impossibilitado de lutar verdadeiramente pelos princípios que agora... A sua Igreja bela, dona de tradição multisecular, resplandecente, maiúscula, a Igreja de Cristo Rey com ípsilon, parecia agora agradecer ao mundo a afabilidade com que tolerava sua presença?... Não era isso que parecia, agora? E não diziam expressamente — quem? Os reunidos lá em Roma... não diziam expressamente que deviam ser abolidos aqueles valores que chamavam de "velhos", a autoridade, a sacralidade, a transmissão da crença? Que a Igreja não seria mais a única? Que admitiria outros cultos? *Eles* — os reunidos lá em Roma — proclamavam mesmo o direito da pessoa humana à liberdade religiosa?

Aturdido, confuso, naquela manhã de uma quarta-feira, em sua igrejinha vazia, ajoelhou-se o padre, olhos fixos no sacrário, agoniado, e deixou sair lá do seu muito íntimo um brado mastigado em silêncio, *que queres Tu de mim, Domine?* (é possível, quase certo mesmo, que a frase inteira tenha saído em latim — língua que ele manejava melhor do que a sua sobrinha). Em latim, sim, como uma pedra de resistência litúrgica, *tu es Petrus*... E se perguntava se teria feito a escolha certa, a de ser vigário, de ficar entre o povo. Se não seria melhor ter escolhido o magistério, ter ficado no seminário ensinando Teologia (em latim). Não era da boa, da legítima teoria, que estavam precisando aqueles renegados, aqueles irresponsáveis que queriam arrastar na lama, humilhar a sua Igreja tão maiúscula?

E pensou: não seria ele outro Francisco de Assis, a quem Deus ordenara, em uma visão, "Vai, Francisco, e restaura a minha Igreja"?... Ele também, Alexandre embora, e não Francisco, se levantaria (levantou-se) — cumpriria sua missão.

No dia seguinte, uma quinta-feira, na reunião apostólica que o bispo auxiliar conduzia semanalmente com seus sacerdotes subordinados, pediu a palavra: para defender sua missa em latim.

Dessa primeira defesa, de um primeiro tópico logo engolido, diluído quase na enxurrada em que iam sendo levados os temas todos da sua Igreja, a indignação sacrossanta do padre criou raízes, entestada — poderosa.

Fez história na arquidiocese.

Uma história da qual a sobrinha-escritora só tem, foi tendo nos anos seguintes, fragmentos, comentados em família uns, vindos de fora outros — entrevistos pedaços que pareciam apenas se complementar, sim, se encaixar no mesmo temperamento apaixonado, teimoso, dado a representações espetaculares, daquele moço padre dos anos da sua infância, dono daquele vozeirão projetado em latim do púlpito sobre as cabeças abaixadas dos fiéis — das mulheres submissas de cabeça coberta com mantilhas de renda preta... Daquele furor das disputas com os superiores, das campanhas políticas, dos socos na mesa no ardor da discussão mesmo com os irmãos. Enfim.

Neste ponto, os rabiscos de tinta no papel branco se enroscam e, velozes, se misturam a outros dispersos, vindos de todas as partes. E se emaranham — figuras de padres se sobrepõem, num tropel — querendo falar, parece. As vozes vêm vindo, de todos os cantos, num crescendo de indignação. Vozerio.

E a menina, a menina que lia Dickens e invejava os escritores que dispunham de um sadio rol de tios pitorescos se vê agora assustada, pena-na-mão, ouvindo o fragor desatado e súbito — o que foi, menina travessa, esbarrou em uma pilha de caixas de ossos, de objetos humanos que agora despencam, parece? (Como aquela trempe da cozinha que segurava em instável precariedade panelas e tachos, conchas, garfões de espetar a carne, amolador de facas, e que sem mais uma rajada de vento, ou o rabo de um gato espavorido, faziam despencar assombrada lá dentro, em súbita — e inútil — revolução doméstica.)

Incontida força. Alguém forçou a porta daquele quarto-dos-demônios em que as freiras do internato encerravam as crianças rebeldes? (Tão atulhado, o cômodo que se julgava vazio — na sua escuridão.)

"São vinte séculos que remexeste"... — uma gargalhada ecoa no imenso túnel.

Para descrever a trajetória e todo o pitoresco desse meu personagem que retiro do baú da memória, nos anos em que, inglório Lefèbvre tropical, se manteve como último forte apache da cristandade entrincheirado na humilde paróquia de Nossa Senhora das Dores, na cidade de São Paulo; para usá-lo emblematicamente como depositário, que se pretendia, da doutrina e da tradição católica; para contar a história desse meu tio, que digo, alinhavá-la ao menos... seria melhor que se pudesse neste momento enveredar — embora com atraso de pelo menos 30 anos — pelos caminhos do realismo mágico. Falar em visões, levitações e milagres. Ou descrever viagens do vigário pelas pedreiras circunstantes a São Paulo, de onde voltaria, dia após dia, carregando em um carrinho de mão pedras (*tu es Petrus*...), blocos de concreto e telhas, pedregulhos, pregos e tábuas, materiais enfim para construir a sua fortificação de fé, seu baluarte, em torno de sua Igreja-igrejinha de Nossa Senhora das Dores. E dizer que passados tempos, anos — um ou dois séculos —, arqueólogos casuais o descobriram, emurado, terrível e patética figura pregando para uma congregação mumificada, diante de um Missal em latim, encadernado em couro e de bordas douradas.

Mas as coisas não se passaram assim — sua fortaleza, seu último Forte Apache construído no deserto, foi feito a da fragilidade das palavras. Da tortuosidade de uns gestos de rebeldia. Da pobreza de ideias de um Gustavo Corção, paladino encouraçado da Igreja de Cristo Rey (com ípsilon), que dava "honra e glória" à falange franquista, que vituperava "esse monstro informe chamado universidade", e "as mulheres modernas", "os divorcistas" e "os padres comunistas da Sorbonne". Corção era um físico, professor de astronomia também — quando o Sputnik apareceu nos céus de 1957, denunciou-o em sua coluna do *Correio da Manhã* como "impostura soviética", artefato inexistente, que nunca, mas nunca mesmo, poderia ter suplantado em sua órbita não autorizada a pesquisa científica de nossos irmãos norte-americanos, defensores da civilização cristã e ocidental. E da obscenidade de um doutor Plínio Correia de Oliveira, fundador do movimento Tradição/Família/Propriedade, que ainda anda por aí — dele andou se alimentando também a rebeldia do Padre Alexandre. Rebeldia que se tornou agressiva denúncia, que alimentou alguns jornais em campanha contra a Teologia da Libertação. Que continuou, por paus e pedras, anos afora, em ação bastante ostensiva contra o cardeal-arcebispo Dom Paulo Evaristo Arns, a quem dizia, ousado, "a sua Teologia, Excelência, vale lá para a margem esquerda do Sena, para a Sorbonne, mas aqui, na margem do Tietê, a teologia é outra".

De repente, recolheu sua ira. Rezou missas em português, continuou a pastorear seu rebanho — submeteu-se. (O segredo dessa renúncia se guardou a sete chaves, na arquidiocese.) Ao completar 70 anos enviaram-lhe um padre, auxiliar da Cúria, para comunicar que devia aposentar-se, deixar a paróquia. Respondeu: "Diga ao cardeal que ele manda na arquidiocese e eu mando na minha paróquia. Daqui não sairei."

Não saiu. Foi ficando, prolongado em estranho silêncio, cumprindo suas missas, batizados, homilias evangélicas. Aos 82 anos, os paroquianos fizeram uma grande festa, celebrando seus 60 anos de sacerdócio. O cardeal em pessoa veio celebrar a missa solene, com mais três padres. Aos 86, Padre Alexandre ali morreu, na poltrona em que assistia, pacífico, divertido, esvaziado, a um desfile carnavalesco com mulheres nuas.

No enterro, os paroquianos choraram. Uma negra gorda e maltrapilha plangia em voz aguda: "Morreu meu Pai!"

E hoje... um papa alemão que fala italiano diz em latim recuperado que o Diabo existe — deve ser escrito com maiúscula, aliás, e as camisinhas devem ser abolidas por serem obscenas e contra a natureza em um mundo que se consome em Aids, e os padres, ah!, que continuem sem casar e engrossem o número dos pedófilos, e as mulheres, como sempre excluídas da franquia — ah! e as ex-filhas de Maria que deslumbradas ainda passam as camisas do Senhor Vigário e orgulhosas se dizem "ministras da comunhão", daquelas santas partículas cheias de raios de antigamente, que hoje são entregues no varejo à multidão, como biscoitinhos tirados de uma patena.

(E não eram, afinal, biscoitos feitos no forno pela negra Zefina?)

Ah! As mulheres, que foram dignificadas por Nossa Senhora, que foi Virgem antes, durante e depois do parto e quem sabe o que queria dizer isso, ah!, que retomem como sempre suas funções, no seio da família, da sociedade. Afinal, os grandes males que hoje afligem a humanidade, como bem sabeis, meus caros irmãos, começou mesmo com a descoberta da pílula anticoncepcional.

Do grande abalo, das cinzas estraçalhadas, do monturo dos ideais pisados, do patético anseio de milhões de pessoas exploradas por uma crença, tudo o que resta, pairando mais alto sobre esta manhã de domingo — em que os sinos de outrora não mais e nunca mais soarão — parece ser outra pergunta, apenas:

— Mas, afinal, quem foi mesmo Melquisedeque?

PONTO DO NUNCA-MAIS

O senhor olhe, repare bem. É bem ali, do lado de quem vai pra Minas. Ali, naquele escurinho de mata. Ali, depois do morro, dá pra ver. Dizem que é muito escuro. Foi ali que as coisas aconteceram. Naquele tempo que essas histórias aconteciam. Que as pessoas vinham de longe, cavalhadas, depois foram ficando — alguns. E Perdões começou a nascer. Tempo dos avós, dos bisavós de toda essa mocada que anda por aí. Tá sabendo? O povoado foi acontecendo — de gente que passava. Nunca teve cara de coisa-com-acontecimentos, igreja no morro, casas, nada disso, gente passava, vinha, ia, alguns sentavam pé, casavam. Outros vinham casados, ou com amásia, mulher-dama, ninguém sabia. Era um lugar perdido do mundo, Perdões — quer ver que o nome também era uma coisa assim, de perdão? Talvez. De perdão, de não sabimento, de crimes cometidos mundo afora, de casal fugido, de gente meio cigana, meio índio arribado, acho.

Para lhe contar, de verdade, só sei da história de meu avô Francisco Leme. Seu Chico. Minha avó Ana. Essa história, lá pelos longes de 1880, 90 — que me contaram, coisa de tias, no borralho, noites de inverno que aqui na serra são brabas, sabe. Esse, seu Chico, que sim, que sabiam das suas andanças, sua gente era daqui, paulista, era mocinho bom, filho de coronel dos lados de Sorocaba, paresque. Veio passando por aqui brigado com o pai, coisa de mocidade, nenhum crime, nem nada, aqui se amoitou, tinha algum dinheiro e comprou casa, negociava com tropa, paresque, não sei bem, essas coisas de contado no borralho a gente nunca soube direito, eu nem conheci. Era homem de poucas falas, dizem, como a gente daquele tempo, não era de se meter com a vida de ninguém, solitário, não gostava de baile, nem de jogo de carta, nem bebia. Dizem que sempre ficava, de tardinha, aqui fora da casa, sentado num banco de madeira, que nem a gente, agora. Olhando fixo para aquele ponto que eu mostrei para o senhor, no meio da mata.

Que um dia encilhou cavalo ligeiro, arranjou embornal, cantil pra viagem longa, por esse mundo. Se largou a trote solto, sem despedir de ninguém. A casa fechada, ninguém sabia o que fazer. Passado quase ano, repontou no horizonte, vindo do lado do Norte, do muito-que-longe, parecia — daquilo que nunca se via, do mais além do Ponto do Nunca-Mais, seria? Vinha com Ana, quase-menina, de trança solta e olhar de sol, vinham ambos sujos e cansados, muito cansados, dizem — seu Chico nunca falou nada com ninguém, eu lhe disse, Perdões era terra de perdões, ninguém perguntava, ninguém sabia, todos viviam. Apeou, deu a mão para Ana, amarrou os cavalos, abriu a casa e ali moraram quarenta anos.

Ah, mas não no sem-mais, assim, não. Foram se estabelecendo, enricaram, seu Chico fez venda grande dessa que tem de um tudo, castiçal e vela, cordame, faca, sapato, rifle, lampião, até sabonete vindo da capital, água de cheiro — o senhor sabe. Comprou fazenda e gado, tiveram onze filhos, um por ano, criaram oito, deu instrução. Era meio arredio de igreja, mas até padre ajudou a trazer, pra aumentar o comércio de domingo com a caboclada que vinha pra missa. Acho que era o homem mais importante do povoado, casa de muita gente, casa alegre, aberta, que foi crescendo daquela casinha do início da vida, se alargando, cabendo mais gente, pomar, criação, até festa de São João, com mastro e fogueira.

Mas tinha ainda aquele costume, ficava aqui na porta principal da casa, essa que vai do alpendre para a sala, olhava fixo para aquele ponto ali, já sabe, no escurinho da mata, o ponto do Nunca-Mais, não sabe? Punha cadeira aqui, onde o senhor está, assim, sentava na beirada dela, meio ansioso, olhando longe.

E foi aí que um dia as coisas aconteceram. Depois de uns trinta, quarenta anos. Meu tio Chico Filho já tinha uns 38, tia Mariquinha, uns 36, os outros seguindo, maior parte casada com filhos, eu era pequeno — como lhe disse, não me lembro de lembrado. Só de contado. Pois, veja só: uma tarde de tardinha anoitecendo quase, de repente seu Chico levantou de golpe, corpo inclinado pra frente, franzindo o olhar para aquele lado — o do escurinho da mata, aquele do lado de Minas, no horizonte, já sabe. Dois cavaleiros vinham se chegando. Não no galope, não, não como quem quer chegar logo. Vinham a trote pausado, emparelhado, corpo alto, como quem sabe que vai chegar — como quem quer marcar chegada, eis. Vieram reto, sabiam o destino? Sabiam o que iam encontrar? Nunca se soube. O que se sabe é que seu Chico se levantou teso, num repente remoçado, mas o cenho carregado. Passou a mão na cinta, como quem procura arma. Ele que nunca andou armado. E que gritou seco, pra dentro da casa, mas sem voltar a cabeça: "Nhãna!" Que minha avó veio de dentro, enxugando a mão no avental. E parou hirta, no umbral.

Dos dois cavaleiros, as pessoas muito falaram, depois. Embora quase ninguém tivesse visto. Digo, gente de fora da família, compreende. A família, não sei se viu bem. Se inventaram algumas coisas, depois... quem sabe? Meu tio Afonso, que estava no jardim da frente da casa, disse que eles não vieram vindo, assim, como todo mundo vem. Que apareceram de repente. Que parados, em silêncio, sem se apearem. Que era gente já de certa idade. Como o pai. De cara fechada e tostada de sol. Que gente de muito longe, seria. De olhar fixo no velho, no alpendre. Que demoraram para apear, amarrar os cavalos, vieram subindo devagar a pequena rampa diante da porta principal da casa. Bota com espora, ressoando. Que os cachorros se lançaram, num alarido, que eles nem se importando, avançando no meio deles, do pastor alemão e dos dois mateiros. Que o Pai se afastou da porta, em silêncio, eles entraram, sem tirar o chapéu. Olharam para minha avó, de relance, passaram.

Que meu avô abriu com gesto largo a porta das cerimônias, aquela da sala de visitas que ninguém usava nunca. Depois moveu a cabeça para tio Afonso, num gesto de que se afastasse, fechou a porta. Ficaram muito tempo trancados. Que minha avó Ana, muito branca, correu para o quarto, ajoelhou chorando no pé da cama, agoniada, que para as filhas, minhas tias Branca e Nina, que eram solteiras e ainda moravam na casa e perguntavam *que foi, Mãe*, ela só sacudia a cabeça, sem poder falar.

O que se passou depois, no em seguida mesmo, é meio nevoso, ninguém sabe, e depois de tanto tempo. Paresque passado tempo meu avô abriu a porta da sala, passaram ele e os cavaleiros direto para a sala de jantar, meu avô chamou uma negra, mandou servir janta para eles, vinho até, comeram os três em silêncio, com educação, mas os homens sujos ainda da viagem, as botas largando um pouco de lama no tapete. E minha avó chorando no quarto — e as moças sem entender, comendo na cozinha, estranhadas. Depois os viajantes foram dormir naquele quarto que as casas daquele tempo sempre tinham, o quarto dos viajantes, pronto para quem passasse, e com porta que dava para o alpendre, não para a casa. Que no dia seguinte começou um dia normal, com as negras soprando o fogão de lenha, esquentando água, fazendo café com quitanda, e que então minha avó Ana saiu do quarto do casal, já aprumada, o olhar fixo, sem dizer nada, que as filhas perguntavam *e então, Mãe,* e ela só olhava para elas e ia indo pelo corredor. E caminhando, caminhando como se sua alma tivesse sido roubada. Como se não-mais. E que ela e meu avô se olharam, entendidos. Durante muito tempo. Depois ela seguiu pela sala, atravessou o alpendre, se colocou entre os dois cavaleiros e foi andando, e já havia um terceiro animal que tinham mandado arrear, uma égua de boa andadura onde ela montou de lado, mas desenvolta. Era ainda uma mulher rija e bonita, de uns cinquenta e poucos anos, ainda de trança longa e basta, enrolada em coque no alto da cabeça.

    E se foram, os três, não sei se desaparecendo aos poucos, no horizonte. Ou se de repente se desmanchando na paisagem, no escurinho da mata, ali, naquele ponto ali, do Nunca-Mais, eu não lhe disse? O que se disse depois, o que a família veio contando, não sei se é verdade ou se história arranjada para explicar o inexplicável — mas faz algum sentido. O sentido que a gente hoje quer dar para essa gente antiga que não falava muito, dizem. Que tudo, na sua vida, era cor de silêncio e mistério, e no abafado e triste viviam, comiam e dormiam, pariam, morriam — sem que muito se soubesse. O que se soube, e isso era certo, foi que meu avô foi secando depois que Ana se foi. Que parecia esperar por ela, sempre, que ficava ansioso na beira do banco de madeira, na porta da sala — que morreu de tristeza, de saudade irremediável dela. E que os filhos foram passando, de geração em geração, e passarão, a história meio adivinhada de um moço paulista — de gente boa, filho de coronel de Sorocaba — que um dia veio pra estes longes, nos confins com Minas, que gostou do povoado, que fez casa. Que um dia viajou para longe, viu Ana menina de tranças perto de um riacho, falou com ela, se enamorou perdido, e ela também, que se amaram descuidados, feito animais no pasto — mas que os irmãos dela, eram dois, suspeitosos, lhe vieram de faca em riste. Que não sei quem da família, ou um negro da casa, tinha contado que seu Chico tinha no flanco a marca deixada, da peixeira. E que ambos haviam vindo, fugindo, no disparo — até esta cidade de Perdões, para viverem felizes, uns quarenta anos...

Agora, nesta lenda, neste segredo de família — o que mais vou dizer, eu que nem sei? Porque, nessa história toda, tem uns poréns, uns como-é-que, que a gente não entende. Por que passados quarenta anos, ou quase? Por que tudo assim como em um ritual, gestos marcados, não parece? Sem falas nem rastros, só as decisões nunca sabidas, uma espécie de dever cumprido, de assim-deve-ser, não é? Uma coisa de honra, sei lá. Como é que minha avó, que reconheceu os irmãos, que emendou as duas histórias sem mais, as duas pontas depois de quarenta anos... como é que meu avô, que amou Ana a vida inteira daquele amor desesperado, que até morreu de amor por ela, a entregou sem mais, sem luta, acovardado, para aqueles irmãos assassinos?

Não faz sentido.

Olhe, quer saber de uma coisa? No distante do tempo, quem pudesse ver e ouvir, estar presente naquela sala de visitas, naquela noite fatal para minha família? Naquela sala de jantar em que os viajantes, acolhidos com amabilidade, por certo comeram uma linguiça frita e saborosa, com bastante farofa e batata frita, e beberam tudo com aguardente da boa, e sobremesa de requeijão e goiabada, depois certamente puderam se lavar, tomar café forte, e depois, quando todas as crias da casa e as moças Branca e Nina haviam se deitado, os três homens, de acordo, por certo tinham chamado minha avó Ana para uma conversa... e ela se chegasse, tímida, sem jeito, mas já passado o medo dos irmãos, e curiosa inquirisse, da família deixada, dos pais... tão longe, tanto tempo...

E então, um dos sinistros irmãos, já curtidos de idade também eles — e quem foi que disse que seriam sinistros? Quem foi que viu, realmente, a marca da peixeira, o cenho carregado, o gesto de procurar uma arma, do meu avô — que nunca teve arma?... Já curtidos de idade, os irmãos, e um deles, o mais velho com certeza, com ar grave, e ponderado, ou até um tanto suplicante, olhasse para Ana e lhe dissesse assim, "Ana, você sabe, nossa mãe... ela está tão velha"... e todos ficassem um momento calados, compreendendo, e completassem, para si, que a velha estaria morrendo, que os irmãos, passado tanto tempo, haviam vindo procurar Ana para fazer-lhe a última vontade, queria ver a filha, enfim...

Que tudo assim se resolvesse, no comum da história de tantas famílias, naquele tempo de Brasil maior, mata mais densa, estradas escassas, comunicação nenhuma, o senhor não acha? Ainda hoje, tanta gente mandando recado para irmãos, filhos nunca mais vistos, por esse Brasil afora, as famílias que se perdem e se dissolvem no nada, não existem no todo-dia essas histórias?

Bem, mas há coisas que ninguém nunca entendeu, mesmo — que nunca mais minha avó Ana, aquela que ainda tinha tranças espessas e negras enroladas em coque no alto da cabeça, aquela tão amada de meu avô que ele até morreu de tristeza, por que ela nunca mais voltou? Nem uma palavra, nem nada, nem foi procurada, será? Que ela tenha deixado toda a família, e os oito filhos, a maioria casada, os netos, a casa, a pessegada por fazer na cozinha, o bordado no bastidor, as filhas que lhe perguntavam *que foi, Mãe*, tão assim?

Não sei. Afinal, como vou saber essas coisas mal contadas do tempo antigo, já se passaram cinquenta anos, sessenta quase — o que sei é esta inquietação em mim, esta vontade persistente de saber, e o meu sonho desta noite, com meu avô Chico Leme, com minha avó Ana, eu senti a dor deles dois, daquela separação, como se fosse minha e eu estivesse ali, neles, como é que a gente explica um sonho persistente com gente tão esmaecida no tempo, tão inexplicável?

Mas acordado, agora, neste alpendre desta casa tão antiga, conversando com o senhor, veja, há uma coisa concreta — ali, está vendo? Aquele ponto preciso, no escuro da mata, no mais escuro no escondido, lá do lado da fronteira de Minas. Aquele ponto de onde ninguém volta, ninguém voltou, o ponto que dá medo a todos — o Ponto do Nunca-Mais.

Compreende?

O PAÍS DOS HOMENS DE GELO

A ideia de que ele existia, esse país, e que não era longe daqui, já é antiga. Mas a gente sempre o quer remoto, por lonjuras de neve e gelo — não entre nós. Mas esta noite eu estive entre eles, esses homens. Vi os limites do seu país — logo ali, atrás da Rua Joaquim Eugênio de Lima, uma pessoa me mostrava, ali, veja, uma extensão de terra, ribanceira de rio, matogrosso, paraná? Ali estavam as casas, aquilo tão escondido que nunca se soube como as estranhas coisas aconteciam, essas pessoas todas que desaparecem, as famílias chegam a pôr o retrato no jornal, coisas de gente indo à padaria do bairro, ali, no virar da esquina, e nunca mais aparecendo...

— As crianças? As crianças desaparecidas? Não, não sei, talvez não. Em todo caso, não posso afirmar, o que vi eram homens feitos, muito altos, absolutamente iguais — só homens, sim —, de pele branca como neve, pele de gelo de quem nunca tomou um raio de sol, o cabelo cortado rente feito recruta americano, as frontes estreitas, a testa alta, os olhos apertadinhos, um traço. Russos, talvez. Sem nenhuma expressão. Ali estavam, alguém mostrava para que eu pudesse vê-los bem, e à sua região.

E até me explicavam como as coisas aconteciam de repente, por exemplo, isso, você vai entrar num trem, num vagão do metrô — vazio, estranho, como barrancos suas portas, barrancos de terra, barreiras de pedra, então você ia entrar, não entrava porque estranhava, mas depois voltava achando que era por ali mesmo, mas a troca quase imperceptível havia acontecido, troca de entrada ou de fundo de cenário, isso, e pronto, você havia entrado definitivamente na região dos homens de gelo.

Que era no meio do país, e da qual nunca se voltava. Mas eu ainda não estava congelada, eles precisavam me atingir para que isso acontecesse, mas ainda não havia acontecido, e eu poderia escapar — parece — se, em vez de tomar direções que me conduzissem ao interior do país, eu conseguisse dobrar uma rua (por trás da Joaquim Eugênio de Lima) e me dirigir para a praia, para o mar — mesmo estranhando que houvesse mar em São Paulo, e principalmente por trás da Joaquim Eugênio de Lima.

Então eu ia tomar um atalho e pensava, depois virarei à direita e caminharei para o mar e estarei salva, mas olhei antes de entrar na ruela e vi que ela era interrompida no meio por uma porta (o mapa estava errado de propósito) e pensei que era uma cilada, era assim que as coisas aconteciam, as pessoas se perdiam e desapareciam e eram tragadas por aquele misterioso país dos homens de gelo, onde eu ficaria paralisada para sempre, e então pensei que eu evitaria a cilada e desceria mais a rua em que me encontrava (a Joaquim Eugênio) e depois, sim, viraria à direita e caminharia decididamente para o mar.

Sim, as crianças desaparecidas.

E isto sonhou, antes de docemente morrer ao amanhecer, a doce senhora no dia seguinte ao do seu 67º aniversário, que fora completamente esquecido pelos três filhos homens, brancos, fortes, altos e de olhos amendoados, que há muito não a visitavam.

OS TAMBORES DO JUÍZO FINAL

Seria preciso contar o século. Seria preciso falar da geração minha, a que acordou com a bomba atômica de Hiroshima — ela marcou a adolescência, a vida, para nós. A infância sagrada ficava embrulhada na toalha de xadrez azul da mesa da minha avó Ana. A infância, coisa de sequilhos, goiabada cascão feita em casa, linguiça com farofa.

Depois, nesta ordem, veio a bomba atômica.

E, no desenrolar da vida, outros sustos.

O mundo — daquela vez — começou a acabar exatamente às 19 horas (hora de Nova York) do dia 22 de outubro de 1962.

Os jornais da tarde, avisos na tevê, haviam desmanchado a paz daquela segunda-feira, prometendo que logo mais o presidente dos Estados Unidos irromperia no vídeo com uma "importante declaração ao povo norte-americano". Era prenúncio de catástrofe — em tempos normais, o presidente só fala ao público uma vez no ano, para fazer um relatório de sua administração, o *State of the Union*.

No Gene Frankel's Theater Workshop, os alunos riam e conversavam, um deles folheava uma revista. Não havia ninguém com angústias de pré-mensagem. A aula começou. Uma professora também sem pré-mensagens aparentes pontualmente chegou, escolheu dois alunos e mandou-os para o centro do tablado. A realidade histórica daquele momento transformava-se em imagem pictórica: uma mocinha gorda, sentada de pernas abertas no meio do mundo, concentrava-se na palavra-tema, *lime*. E um enorme limão pop veio saindo de dentro dela, limão-ectoplasma, passando sua acidez-cheiro-forma-cor-matéria para quinze alunos concentrados em alguém que se concentrava, sob as ordens de alguém que mandava que eles se concentrassem: na palavra "limão".

Lá fora, algo muito grave se passava — o apocalipse. John Fitzgerald Kennedy, de cara séria, anunciava o bloqueio de Cuba. Dentro daquele útero que era o laboratório central em Greenwich Village, um limão pop crescia avantajado e ameaçador, ocupando inteiramente o tablado.

Um limão atômico.

A aula continuava. O tema agora era: duas pessoas querem se comunicar, mas há entre elas uma parede de vidro à prova de som. Incomunicabilidade. Lá fora, bandeiras desfraldadas, tambores do Juízo Final. Quem está querendo comunicar, e o quê? Ou talvez já houvesse comunicação estabelecida entre aqueles dois telefones vermelhos que comandavam os botões do mundo. O limão atômico poderia espatifar-se a qualquer momento contra a parede de vidro da incomunicabilidade.

Melhor voltar logo para casa.

Bem, se era somente um bloqueio, talvez a coisa não fosse tão terrível. Porque no ar, parado como uma bolha, havia o temor da declaração de guerra. Podia realmente ser pior. Mas, e as represálias da União Soviética? De todo jeito, o que adiantava que uma moça se preocupasse com a represália soviética, uma moça bonita e feliz, parada diante do berço do filho de 16 meses, Marcelo, em um apartamento do Greenwich Village?

Na ONU, a mesma surpresa. A mesma impotência. A pergunta única, em todos: desta vez é para valer? E o que se pode fazer? A impotência de se fazer algo para mudar uma situação acaba por tranquilizar. Era como se o limão-ectoplasma de ainda pouco fosse se estendendo sobre todos nós, protetor, acolchoando a realidade. Não podia ser verdade, o mundo não ia acabar, a menina gorda de pernas abertas ainda não tinha transmitido a contento a sua mensagem cítrica. Ainda havia paredes de vidro ou de ferro entre as pessoas. Meu filho só tinha 16 meses. E a todo instante bebês teimosos continuavam a nascer.

Tudo em ordem no universo! — gritavam vigias shakesperianos nas esquinas do Village, sacudindo lanternas medievais. No momento seguinte... Duncan seria assassinado, Desdêmona, sufocada. Talvez Hamlet se decidisse finalmente a executar o tio. E naturalmente, naquele exato momento,

Henrique V estava passando a noite num bom bate-papo com Deus, pedindo-lhe autorização para logo de manhãzinha cedo, *for England and Saint George!*, invadir a ilha de Cuba.

Naquela noite, no corredor do edifício das Nações Unidas, um diplomata iugoslavo dissera, abraçando meu marido:

— *C'est pour demain, Monsieur Rouanet!*

Adiada a tragédia para o dia seguinte, e em francês *par surplus*, só nos restava ir dormir.

É preciso ir correndo um fio de aço imantado por dentro das lembranças daquela semana — tecendo-as. O pânico, essas coisas. A gente sempre pensa: gente correndo, *O Grito*, de Münch, confusão, inferno-na-torre. Que nada. Pânico: é a Quinta Avenida vazia, numa tarde bonita de um dia de semana. É a Bloomingdale's vazia, o grande salão e as vendedoras enfileiradas em pé atrás do balcão, últimos soldados deixados no forte, esperando a inevitável invasão dos apaches.

O pânico: é o silêncio, numa grande metrópole. Não se comenta o pânico. Evita-se falar — é um modo de negar. Vi isso também 24 anos mais tarde em Milão — Chernobyl, 30 de abril de 1986 —, a grande nuvem radioativa avançava sobre a Itália do Norte. As pessoas iam e vinham na rua, silenciosas, esvaziadas da sua italianidade.

Em Nova York, desde a terça-feira, dia 23 de outubro de 1962, a população se preparava. Os supermercados regurgitavam de gente, subitamente saqueados, como se reservas de batatas e de leite em pó fossem proteção segura contra a ameaça nuclear. O rádio anunciava: em Los Angeles, em poucas horas, todas as latarias haviam sumido das prateleiras.

No sinistro silêncio daqueles dias de meio de semana, carros podiam ser vistos, em todas as ruas, prontos, equipados, em frente aos prédios residenciais, carregados até o topo com tudo o que havia — de panelas e carrinhos de nenê a latas, colchões, rádios, televisão. Uma cidade fantasma, de carros preparados para a grande largada.

A grande meta eram as montanhas — quaisquer montanhas, as mais próximas, é claro. Minha grande amiga, a teatróloga Ana Maria Amaral, que começava a fabricar seus famosos bonecos para o Bread and Puppet Theater e que era também funcionária da biblioteca da ONU, me telefonou:

— Eu vou embora para o Brasil. Vocês não vão? Consegui reservar uma passagem. Para esta semana não tinha mais, só consegui na quinta que vem.

Sua chatíssima chefe na ONU, em gesto generoso digno dos grandes momentos históricos, a convidara para partir com ela para a sobrevivência nas Montanhas Rochosas, onde dormiriam em *sleeping-bags* e caçariam patos selvagens para comer, pelo resto da vida. Ana Maria disse que preferia a morte nuclear.

Sabemos hoje que a ideia dessa corrida para as montanhas passou também pela cabeça do próprio presidente Kennedy, que em torno de si reuniu logo Jackie e as crianças, os amigos, os membros do governo. Iriam todos para o Mount Weather. Onde, em cinco minutos, seriam todos alcançados pelos mísseis soviéticos.

Contou-me mais tarde um médico brasileiro que na época estagiava em Cleveland: "De repente, sem aviso algum soaram as sirenes para um exercício antiaéreo. Alto-falantes no meio da rua mandavam o povo se recolher a uns parcos abrigos improvisados. Eu pensei: não adianta, para mim, latino-americano, e para os negros de Cleveland, não vai ter lugar. Deitei-me e dormi tranquilo."

Outra amiga brasileira, que estava sozinha em Washington com duas crianças pequenas: um amigo americano parecia sentir-se um tanto responsável pela situação, quis distraí-la. Levou-a ao cinema, mas, depois de alguns segundos, não aguentou, pediu para saírem. Levou-a um bar, minutos depois disse que preferia sair, ela não se importava? Tentaram ainda o papo com outros amigos. Ao cabo de três programas interrompidos, confessou que estava nervoso demais, *so sorry*, ia deixá-la em casa.

De uma bolsista brasileira: "Entre os estudantes da universidade, a reação foi de silêncio. Ninguém queria a guerra. Ninguém aprovava a guerra. Sentia-se isso. Mas não comentavam nada, principalmente na presença de algum sul-americano. Mesmo sem entenderem bem o que se passava — ninguém entendia —, mesmo sem aprovarem, sentia-se que o presidente falou, era preciso apoiar o presidente a todo custo. No dia seguinte ao do pronunciamento de Kennedy, desceram, aparentemente tranquilos, certos de que nas suas caixas postais encontrariam o cartão da convocação militar."

Em Cleveland, em muitas outras cidades norte-americanas, as sirenes soavam, redespertas, lembrando guerras. Em Nova York, elas se calaram. Sinistras sirenes de Nova York que soavam pelo menos uma vez por semana, naqueles tempos, em obrigatórios exercícios de defesa contra ataques aéreos — naqueles tempos (uma semana atrás), que tanto pareciam tempos de paz. E então, naquela semana, todos os exercícios foram suspensos — se as sirenes soassem, seria para valer. Nada que pudesse alarmar a população.

O que foi responsável por um fato histórico — o dia em que um veleiro brasileiro causou pânico à população nova iorquina. Era o *Custódio de Melo*, navio-escola da nossa Marinha que chegava, descompromissado e feliz, entrando pelo porto. O comandante de um forte no Brooklyn, muito absorto nos manuais de serviço para reparar nas contradições temporais, mandava prestar-lhe a tradicional homenagem de salvas de canhão — os jornais descreveram o pânico da população do Brooklyn.

Cada dia daquela semana acordávamos dizendo "que coisa estranha, acordei". Continuávamos. Não haviam chegado os mísseis, ainda, ali em Cuba, apontadinhos para nossas cabeças. Acordávamos, vestidos de nossa cotidianidade, e nos achando ridículos por ter de ir ao mercado comprar a comida do cachorro, uma vassoura nova, dois maços de agrião. Transformados de repente em personagens de T. S. Eliot, *Shall I part my hair behind? Do I dare to eat a peach?*

O refrão terrível nos pontuando: *Hurry up, it's time!*

Tempo para tudo acontecer. A brutalização das nossas pobres desamparadas fragilidades, expostas, nuas — comeremos o pêssego? Iremos ao cabeleireiro?... e a comida do cachorro, e a mamadeira do nenê... Todos nós transformados de repente em hamlets do cotidiano.

Afinal, fui ao mercado. Encontrei Sally, mulher de David, um escritor. Até a véspera haviam se mostrado progressistas, contrários ao imperialismo norte-americano, essas coisas. A conversa com Sally, naquela manhã de outubro de 62:

Eu (aflita): — *Hi, Sally, how are you?*
Ela (formal): *Fine, thank you.*
Ah, desgraçada, então estava *fine*, hein? Eu quis dizer que, afinal, não estava tão *fine* assim, e o que ela pensava do... mas ela atalhou, seca:
— *And how is Sergio?*
Tentei dizer que, em vista das circunstâncias, Sérgio também... mas ela me gelou com um olhar tipo olhe aqui, você é uma estrangeira, ponha-se no seu lugar e não toque em política. Só me restou perguntar como ia David. É claro que David também estava *fine* e com muito trabalho. E ela tinha vindo comprar *lamb chops* — *oh, David loves lamb chops so much!*
Só consegui dizer:
— *How interesting, we hate lamb chops!*
Passada a crise, terminou para sempre nossa amizade com David e Sally.
Outro encontro, na semana seguinte, com um ator que partilhava de minhas aventuras teatrais, Karl Schenzer. Fui logo dizendo algo como que semana terrível... e ele respondendo que realmente tinha sido uma semana terrível, não havia nada digno de ser visto nos teatros.
Com Karl, não era uma questão de gostar de *lamb chops*. Só alienação — seria? O limão pop eclodindo no laboratório do Village. Mas um ano mais tarde, no dia 22 de novembro de 1963, o assassinato de Kennedy me faria ver a ruptura da alienação — no Open Theatre de Joe Chaikin, um grupo que frequentei desde a sua fundação, todo mundo deprimido, chorando, atordoado, e aquela indagação: Afinal, que povo somos nós? Aonde vamos parar? Pela primeira vez, naqueles

anos todos, ouvi a menção ao grande crime histórico — Hiroshima e Nagasaki, a culpa aflorando por trás de todo o entulho daquela civilização.

Talvez fosse melhor aceitar o convite da simpática Miss Martha Something — a mais simpática das *girls* que frequentam as matinês das quartas-feiras na Broadway. Encontrou-me no hall do teatro. Fazia parte do Hospitality Commitee da ONU — composto de amabilíssimas e abastadas senhoras que tinham por tarefa mostrar às senhoras dos diplomatas estrangeiros como a sociedade americana é maravilhosa, como todos são iguais, como a prosperidade e a felicidade reinavam naquela era dos Kennedy — convidando-nos para chás, passeios no campo, teatros.

A peça era *Seidman and Son*, com Sam Levine. Miss Martha me pediu mil desculpas, não havia conseguido dois lugares juntos. Agradeci e fui sozinha para o balcão nobre. Levantada a cortina, entrava Sam Levine e as *girls* aplaudiam. Mr. Levine-Seidman, com sua barriga próspera, seu coração de ouro, seu florescente negócio de confecções na Sétima Avenida. Enredo dos mais originais: esse pai exemplar, esse esteio da sociedade, tinha um filho hippie, cabeludo, poeta e tocador de guitarra. Ah, mas o filho era tudo isso só porque tinha o dinheiro todo do pai para sustentá-lo, não era?

Mr. Levine alçava a voz no fim da fala, esticava um olho cúmplice para a plateia — a piada era considerada hilariante, muito aplaudida pelas *girls*. O enredo prosseguia, com a redução progressiva do filho transviado à bonomia manufatureira do pai. Em mim, cresciam espinhos e cardos — naquela hora, exatamente, os navios russos navegavam em direção à frota americana no Caribe —, meu Deus, o confronto, o que aconteceria dali a pouco?... nada, é claro, só o intervalo do primeiro ato. O destino do mundo decidindo-se naquele exato minuto em que Mr. Levine-Seidman, com sua possante voz baritonada, sua pronúncia judia do Bronx, verberava a nova geração, indagava qual o motivo, afinal, para tanta rebeldia, *what's the matter with them?* — as *girls* aplaudiam, as doces senhoras de olhos azuis que cultivam tulipas e creem como artigo de fé no estoque nuclear norte-americano.

What's the matter? — indignava-se Mr. Seidman, por que seu filho não podia assentar a cabeça e encarregar-se da contabilidade da firma?

Fiz uma opção pelo fim do mundo. Levantei-me de repente, um tanto ruidosamente, derrubando minha bolsa, procurando enfiar o casaco, para espanto geral do balcão nobre. Meus saltos castigavam agudamente o assoalho de madeira da passagem lateral. Saí para a Broadway sinistramente tranquila. Dali a horas, talvez o mundo engrenasse novamente sua marcha, a multidão teria voltado às ruas — que multidão? A das senhoras de chapéu florido? De seidmans-levines?

Pânico mesmo, só tive na sexta-feira. Por um motivo específico: o noticiário das 11 da manhã na tevê fora suspenso. Assim sem mais, sem aviso algum. Naquele mundo superorganizado, de repente que dê o jornal das 11? Não tem. Pronto, é para agora, que faço, corro para a janela ou para a rua, filho e manuscritos debaixo do braço? Corri para o telefone, ainda funcionava, que sorte, nem tudo está perdido enquanto os telefones funcionarem, atendeu-me a voz polida: *Varig*. Que sorte, ainda existia a Varig do outro lado da linha. Traiçoeira voz: *não senhora, lamentamos*, não havia mais nenhuma passagem para o Brasil, lugar algum, nas próximas três semanas.

Mas os embaixadores brasileiros na ONU e em Washington haviam sido consultados pelo governo e aviões da FAB estariam prontos a levantar voo para irem buscar as famílias dos diplomatas. O embaixador Afonso Arinos de Melo Franco, chefe da missão junto à ONU, chegou a dizer que os próprios diplomatas e funcionários poderiam também voltar para o Brasil. Só ele ficaria para ver o navio afundar, preso à sua ponte de comando, o único túmulo digno de um almirante batavo.

Liguei para Ana Maria Amaral:

— Olha, você me disse que ia para o Brasil, quero te pedir, leva o meu filho, tá? Porque eu não consegui mais passagem.

Um bebê de 16 meses talvez pudesse ser considerado bagagem de mão, não é? (isso, se houvesse uma quinta-feira seguinte). E lembrei-me da mãe ONU. Que ela me protegesse. Corri para procurar Sérgio, naquele tempo trabalhando num dos subcomitês que discutem a fome no mundo. Pelo menos, morreríamos abraçados na fogueira final, como no final da *Aída*, com grande coro e orquestra. Por aqueles corredores, salas vazias, portas, elevadores — onde, onde? Eu perdida, uma Eurídice à procura do seu Orfeu, no inferno. Portas que abriam, ou se fechavam, parecia um grande hotel muito distinto, acolchoado, aqui decidem o destino do mundo? De repente uma sala esvaziou-se, uma delegação inteira se retirava — de onde? Para onde? Ou seria apenas um pragmático *coffee-break*? Encontrei-me no meio, justamente, da Delegação de Cuba — reconheci, da tevê, o embaixador (Dorticós, se chamava?) que fizera na véspera um discurso historicamente inflamado e me encostei, fininha, na parede, para deixá-los passar. Decerto era tudo um pesadelo.

Anos mais tarde, em conversa com Nahum Sirotski, que naquele tempo morava também em Nova York como correspondente do *Correio da Manhã*, lembrávamos a terrível semana e ele me descreveu aquela tarde, quando todos os jornalistas credenciados na ONU sofriam, enquanto, detrás de uma determinada porta, representantes dos Estados Unidos e da URSS estavam tendo uma conversinha. A hora marcada para seu término havia passado há muito, a porta não se abria, o suor escorria de muitos rostos.

Momento que deve ter coincidido com aquele em que eu, no meu pesadelo de estar perdida pelos corredores da ONU, de tanto sobe e desce e toma caminho errado, saí de repente para um subsolo e fiquei ali atordoada, no meio de cadeiras quebradas e mesas desmontadas. Eu, no porão da ONU, no dia do fim do mundo.

Afinal, Eurídice sem Orfeu, Eurídice de missão fracassada, consegui sair do labirinto e voltar para as ruas.

O absoluto desamparo: o que adianta a mãe ONU que não nos protege? Marido que não se encontra no Dia do Juízo Final?

Naquela noite, em conversa telefônica com Marcos Azambuja, nosso colega diplomata, confessei: "Olha, ainda que mal falando, eu estou mesmo é com muito medo." Marcos é uma das pessoas mais engraçadas que conheci. Me disse: "Você não pensou no lado positivo da coisa. As mulheres e os filhos dos diplomatas podem ser enviados para o navio, o *Custódio de Melo*, que anda por aí... Em caso de perigo, ele zarpa para alto-mar. Já pensou, enquanto os maridos ficam aqui virando pó de mico, o mulherio vai estar se divertindo a valer com os oficiais... Que tal?"

Do sábado, só me lembro que fomos, eu e o Orfeu-Sérgio já recuperado ao cinema. No meio da sessão, na plateia absolutamente silenciosa, alguém deu uma risadinha. E, de repente, todo mundo reparou — era uma comédia, *Divórcio à Italiana*.

No domingo, Deus deixou de fazer guerra e descansou, que ninguém é de ferro. Seu Kennedy e seu Nikita trocaram de bem, Jackie Kennedy, deslumbrante em um tailleur cinza de Yves Saint-Laurent, foi à missa das 11 na St. Mattew's Cathedral. Madame Kruschev, que não era dessas coisas, talvez tenha, como boa campônia, colhido uma rosa e enfeitado com ela seu xale.

Aí, quando tudo passa, fica-se pensando se vai ainda continuar por muito tempo o acordo que nos permite viver. Mas o que se vai fazer, somos apenas o comum dos mortais, somos descendentes de todos os anônimos buchas de canhão de todas as guerras desde que o mundo é mundo, morremos no Peloponeso, estupraram-nos na invasão de Roma, empalaram-nos na Guerra dos Cem Anos, estraçalharam-nos na Primeira, na Segunda Guerra Mundial, na Coreia, no Vietnã, no Irã, no Golfo, no Iraque, nos estraçalham todos os dias, mas estamos aqui para isso mesmo, sirvam-se, senhores governantes, estamos aqui para ter medo e morrer. Os reis depois fazem festa e tratados, casam a filha mais linda com o Príncipe das Astúrias e, quando a coisa aperta, gritam *meu reino por um cavalo que não sou tonto*! E tem mesmo — para eles — o cavalo pronto e ligeiro. Para nós, ó! Toma, seu burro, lança e golpe de espada, gasolina nas vestes, ha! ha!, fogueira, granada e gás, radiação, e tomem uma bomba, mais uma, temos de tudo em nosso estoque, aproveitem porque é oferta do dia e estamos dando de brinde uma baleia de plástico para as crianças.

Lembrei-me, então, de uma menina debruçada sobre o *Estado de São Paulo* em um dos primeiros dias de agosto de 1945 — Hiroshima e Nagasaki haviam sido arrasadas pelas bombas atômicas americanas. Nas pessoas grandes, parecia não haver horror. Apenas a aceitação normal de mais um ato de guerra. A professora de História entrara na classe com um ar triunfante naquela manhã — *vencemos a guerra*! Sim, nossos aliados e amigos norte-americanos tinham ganho a guerra, e uns meros milhares — centenas de milhares — de japoneses de cara feia e comedores de criancinhas tinham virado poeira.

Um desconforto persistia na menina — no mês anterior, em um concurso colegial sobre o Independence Day, a sua composição havia sido escolhida entre as de todos os colégios concorrentes de São Paulo. E ela recebera, das mãos do próprio cônsul dos Estados Unidos, um belo livro ilustrado, como prêmio. E então, naquela noite de agosto de 1945, havia em São Paulo uma menina que não podia dormir, que dava voltas na cama, atormentada, porque pensava que no dia seguinte teria de ir ao consulado americano para devolver ao cônsul aquele livro tão lindo, que contava a vida grandiosa de um general chamado George Washington, o qual — diziam — nunca contara uma só mentira, em toda a sua vida.